KB080029

나른한 오후의 마들렌

나른한 오후의 마들렌

1판 1쇄 발행 2014년 8월 11일

지은이 박진희
펴낸이 김제구

사진 제공 박진희, 김동연, http://picjumbo.com, http://splitshire.com,
http://www.gratisography.com, http://deathtothestockphoto.com
디자인 아르떼203 김민주
인쇄·제본 한영문화사

펴낸곳 리즈앤북
출판등록 제22-741호(2002년 11월 15일)
주소 121-841 서울시 마포구 서교동 446-36 Y빌딩 2층
전화 02-332-4037
팩스 02-332-4031
이메일 ries0730@naver.com

ISBN 978-89-90522-86-3 03810

나른한 오후의
마들렌

*Madeleine
in the slack
afternoon*

박진희 지음

리즈앤북
ries & book

누구나 다 한 번쯤은 생각해보았던 일을 나도 생각했다. 그리고 그 생각을 문자로 적어보았다. 문자로 적다보니 생각이 생각을 불러일으키고 생각이 생각을 배반했다. 결국 나는 글을 쓴다는 것이 내 안의 내게 소리치는 작업이라는 사실을 알게 되었다.

일필휘지로 써내려갈 만큼 문장력이 있는 것도 아니고, 시간을 정해 차곡차곡 실력을 연마할 만큼 부지런하지도 않은 내가 책을 내다니 참으로 주제 넘는 일이 아닐 수 없다. 어쩌면 이 책의 유일한 장점은 '나도 책을 쓸 수 있겠군'이라는 그대 안의 소리를 들을 수 있다는 정도가 아닐까 싶다.

차례

˚ 여자의 수명은 고무줄

       술 한잔 하며 친구와 장례 이야길 나누고 있었다. 결혼식장 다니는 횟수보다 장례식장 다니는 횟수가 늘어나고 있으니, 장례 이야긴 최근 우리들이 공감하는 주제 중 하나다. 오랜만에 고향 마을에 다녀온 친구는 장례식이라기보다는 동네잔치 같았던 장례식 이야길 했다.

       100년 하고도 네 해를 더 사신 할머니는, 그 마을에서 우리에겐 조부모 세대의 마지막 어른이었다. 동네 어른이 돌아가셨다고 도시에서 내려온 이들을 70대 후반의 상주는 웃는 낯으로 맞으셨고, 조문객들은 오랜만의 만남에 웃으며 술잔을 기울였다고 했다. 20대에 홀로 되시어 아들 하나를 키우셨으니 고생도 많이 하셨겠지만, 마을 아낙들 중 유난히 건강하셨던 할머니는, 마지막 순간에도 점심 잘 드시고 "한숨 잘란다." 하시더니 그대로 눈을 감으셨단다.

할머니 이야길 들으며 "정말 우리도 그렇게 가야 할 텐데 말이야, 휴~!" 소리가 절로 나왔다. 그리고는 나눈 대화라는 게 남편과 함께 사는 할머니보다 홀로 된 할머니들이 더 건강하고 오래 산다는 이야기들이었다. 주변을 둘러보면 이 말에 금세 공감이 될 것이다.

친구의 이론은 이랬다.

그 할머니가 젊어서 남편을 잃었으니 젊으셔서야 많이 외롭고 힘드셨겠지만, 인생 중반을 넘어서는 오히려 속이 편했을 거라는 거다. 게다가 자식도 아들 하나뿐이니, 공부시켜서 장가 보내놓으면 끝이고 말이다. 말하자면, 그 무서운 '스트레스'라는 것이 아무래도 적지 않겠느냐는 것이다. 자식도 자식이지만-뭐 이거야 하늘에서 주신 사명이니 어쩔 수 없다 치고- 남편이 어떻게 살아가느냐에 따라 아내의 수명이 달라질 수 있다는 말씀! 오해할 여지가 있어 덧붙여두는데, 여기서 말하는 친구의 성별은 남자다. 다행히도 그는 여자(특히 아내)의 스트레스가 대부분 남편에게서 온다는 것쯤은 알고 있는 남자다.

왜 어머니들이 그런 말도 하지 않는가. 아이들 다 키워

시집 장가 보내놨더니 '큰 애기' 시중드는 게 여간 성가신 게 아니라고. 은퇴한 이후의 아버지들은 가사에서 벗어나 해방되었다 싶은 어머니들에게 또 다른 가사의 둘레를 씌우고 있다. 이제는 가족에게서 자유롭고 싶은 어머니와 드디어 가족과 함께 있고 싶은 아버지. 세상이라는 게, 남자와 여자라는 게 이렇게도 타이밍을 못 맞춘다.

타이밍 얘기가 나와서 말인데, 결혼이라는 게 진짜 타이밍이 중요한 사건이긴 하다. 사랑했으니 결혼하는 거니까—뭐 사랑 없는 결혼 어쩌고는 여기에 해당 사항 없으니 모른 척하시고— '사랑' 얘긴 접어두고라도 말이다.

스물세 살의 꽃다운 나이에 결혼한 선배가 있었다. 선배가 선택한 사람은 아무것도 가진 것이 없었던 남자, 그저 보살펴주고 싶은 남자였다. 참 취향 독특하다는 주위의 우려에도 불구하고 선배는 열심히 살았다. 아르바이트 하나 오래 버티지 못해 전전하던 그가 도박에 손을 댔을 때도 선배는 열심히 일했다. 집 안에 놓여 있던 전기제품이며 가구들이 하나둘 전당포로 자리를 옮기고 있을 때도 선배는 아무 말 하지 않았다. 물건들이야 월급 받아 다시 찾아오면 됐으니까, 그런 물건들이 없다고 죽는 것도 아니었으니까. 다만 선배는 그에게

한 가지만 부탁했다. 엄마가 물려주신 목걸이만은 손대지 말아 달라고. 하지만 결국 그 작은 부탁은 여지없이 무너졌고, 선배는 그를 떠났다.

재미있는 건 그 다음이다. 그렇게 세월이 흘러 30대 후반이 되었을 때 우연히 선배는 그와 그의 아내를 만났다고 했다. 아직 솔로인 선배에 반해 재혼한 그는 어엿한 가장 노릇을 하고 있더라고 했다. 그의 아내는 너무도 믿음직한 그를 하늘처럼 따르고 있더라고 말이다. 시간이 그쯤 흐르니 선배는 그 둘의 모습이 좋아 보이더라고 했다. 자신이 끄집어내지 못한 그의 내면을 표출시키도록 만든 그녀가 대단해 보이더라고 했다. 사람은 정말 누구를 만나느냐에 따라 달라질 수있으며, 그것 또한 타이밍인 것 같다고 덧붙이면서 말이다.

그래서 우리가 내린 결론은 이거다.

남자의 버릇은 여자하기 나름이고, 여자의 수명은 남자하기 나름이라고. 결국 하기 마련이라는 건데, 이 '하기 나름'이라는 것이 꼭 부메랑을 닮았다.

어떻게 던지느냐에 따라 돌아오는 길도 다르고 속도도다르며, 간혹 잘못 던졌다간 스스로 상채기를 내기도 한다. 게다가 단 한 번으로 익숙해지는 것이 아니라는 것까지 말이

다. 최소한 몇 번의 과오는 겪어야만 던지는 힘을 조절할 수 있고, 내가 원하는 방향으로 원하는 속도로 돌아온다.

세상에 단번에 되는 일이 어디 있으랴마는, 사람이 사람 마음을 얻는 것만큼이나 힘든 일이 또 있을까 싶다. 이 '하기 나름'이 더 중요해지는 이유이다. 내가 상대방에게 어떻게 하느냐에 따라 상대방의 태도를 변화시킬 수 있는 거니까. 상대방이 먼저 무언가 해주길 원할 것이 아니라 내가 해줄 수 있는 무언가를 찾는 것이 순서라는 얘기니까. 물론 상대방이 내 마음을 받을 준비가 되어 있는지도 중요하지만 말이다.

그렇다면 답은 이미 나와 있지 않은가.

우선 내가 준비되어 있는지 체크하고, 그 다음엔 상대방이 준비되어 있는지를 체크한다. 모든 것은 만전을 기해야 하니 서둘러서는 안 된다. 몇 번이고 점검하며 시뮬레이션을 준비한다. 완벽하다는 생각이 들 때, 더 이상 내가 준비할 것은 없다고 느낄 때, 그때 나의 '하기'를 실천해야 한다.

공을 던지기 전에 투수는 포수가 받을 준비가 되어 있는지 먼저 확인해야 한다. 포수의 사인에 맞는 공을 던져 스트라이크가 된다면 더할 나위가 없다. 사인대로 던졌는데 어쩔 수 없이 볼이 되었다면 포수는 투수를 격려하며 다음 스트라이크를 기다릴 것이다. 하지만 사인대로 던지지 않거나 혹은 그로 인해 포수가 공을 잡지 못한다면 포수는 투수를 신뢰할 수 없게 된다. 더군다나 아직 글러브도 끼지 않은 포수에게 공을 던진다면 더 이상 무슨 말이 필요하겠는가. 투수 자격 미달이다. 포수는 영원히 그 투수를 상대하지 않을 것이다.

결혼한다는 것은 투수와 포수가 팀을 이루는 것과 마찬가지가 아닐까 생각해본다. 아무리 각자 훌륭한 선수라고 해도 서로의 사인이 맞지 않거나 타이밍이 맞지 않으면 훌륭한 팀이 될 수 없다. 자신만을 내세워서도 안 되고, 서로를 안다고 자만해서도 안 되고, 익숙해졌다고 연습을 게을리 해서도 안 된다. 답을 알아도 부저를 눌러야만 답을 맞힐 수 있는 것처럼 부저 누르는 것을 게을리 해서도 안 된다, 이 말이다.

° 애인들의 세상

      밤 10시가 넘은 시각, 휴대전화의 신호음이 울리고 화면엔 낯익은 이름이 떴다. 일본 유학시절, 대학원에서 함께 공부했던 친구다. 귀국한 지 채 2주도 안 된 때였기에 이 시각에 웬일이지 싶어 물어보니, 오랜만에 대학 친구들과 만난 자리에서 요즘 한국은 '애인'이 유행이라며 "넌 그런 것도 없지?" 하는 놀림을 받았다는 거다. 그래서 자기도 애인이 있다고 큰소리치며 내게 전화를 했단다. 나는 수화기를 건네받은 친구에게 그저 "여보세요" 한마디 했을 뿐인데, 수화기 너머의 친구는 아무 말도 못하고 그에게 수화기를 넘겼다. 친구들이 진짜 놀란 얼굴들이라는 그의 말에 나는 '우린 오래된 애인'이란 말을 덧붙이라고 전하며 웃었다. 사실 나는 그의 아내가 인정하는 '애인'이 맞다. 그리고 우리가 만난 지도 이제 10년이 넘으니 '오래된 애인'임에도 거짓이 없는 것이다. 나는 그의 오래된 애인이며 그것이 자랑스럽다. 나의 다른 애인들과 마찬가지로 말이다.

우리는 애인이 넘쳐나는 세상에 살고 있다. 참으로 행복한 일이다. 애인… 말 그대로 사랑하는 사람이 넘쳐나는 세상에 살고 있다면 우리는 얼마나 행복하겠는가. 애인은 1대 1의 관계를 설명하는 말이기도 하지만, 꼭 단수만 있는 것은 아니다. 무수한 1대 1의 관계가 '애인들'이라는 복수도 만들어낼 수 있다.

애인들은 사랑이란 힘으로 양보의 미덕을 일깨워주고, 책임감을 불러일으키며, 나보다는 상대가, 우리가 더 중요하다는 진실을 가르쳐준다. 그렇게 우리는 사랑하는 사람들을 통하여 세상 보는 눈을 키우며 삶을 살찌울 수 있는 것이다. 결국 애인이 많으면 많을수록 세상 사람들 모두가 조금씩 더 여유를 갖고 상대에게 너그러워질 수 있다는 말이다.

문제는 사람들이 애인이라는 단어의 소극적 범위만을 좋아한다는 점에 있다. 아니, 어쩌면 소극적 범위로만 생각하고 있기에 그 많은 막장 드라마들이 쏟아져 나오고 있는 것인

나른한 오후의
마들렌

지도 모르겠다. 막장 드라마의 기본은 모든 사람들을 남녀관계로 얽어두는 것에 있다. 나이나 사회적 윤리, 도덕성과 상관없이 무조건 남녀는 몇 겹으로라도 얽어둔다. 그리하여 남녀관계로 인하여 발생되는 모든 문제들을 감정적 복선으로 사용하는 것이다. 그렇게 벌어지는 말도 안 되는 상황들을 시청자들은 또 사랑이란 이름으로 용서하며 수긍해 준다. 참 사랑이란 변명은 편리하기도 하다. 그 어떤 것도 앞을 가로막지 못하니 말이다.

버라이어티 프로그램 중에 〈남자의 자격〉이라는 것이 있었다. '죽기 전에 남자가 해야 할 101가지'란 부제를 달고 있는 그 프로그램에서 다룬 주제의 하나가 '이성 친구 만들기'였다. 패널들과 동갑인 여성 연예인들을 섭외해 놓고 친구가 되라는 것이었다. 역시 이성 친구에 대한 거부감이 없는 세대인 YB팀과 아무래도 이성끼리 친구는 무리라는 OB팀의 대응 방식은 미션이 주어진 순간부터 달랐다. 그러나 결국 친구에 친구가 하나 더해지는 YB팀과 마찬가지로 OB팀 또한 이성 친구를 그저 친구의 하나로 받아들이는 것으로 결론을 맺는다.

이성 친구라는 건 있을 수 없다고 단언하는 사람은 이성

간에는 성적 관계만이 존재할 뿐이라고 생각하기 때문일 것이다. 사실 요즘 같은 세상에 성적 관계란 이성이고 동성이고가 없는데도 말이다. 그들에게 이성 친구를 소개하면, 그들이 궁금해 하는 건 한 가지뿐이다. 친구라는 허울을 쓰고 두 사람의 관계가 성적으로 맺어졌는지 어쩐지 하는 것 말이다.

나는 이성 친구라는 게 가능하냐고 묻는 사람에게 오히려 되묻고 싶다. 그렇다면 동성 친구는 어떻게 가능하냐고. 친구란 무엇이냐고. 이성이든 동성이든 좋아하지 않는데 어찌 친구가 되겠는가. 우정과 사랑 중 어느 것이 더 큰 범위인지는 모르겠지만, 어느 쪽이든 선택해야만 한다는 것은 또 얼마나 곤혹스러운 일인가. 그것은 꼭 그렇게 어느 한쪽을 선택해야만 하는 것일까? 공존할 수는 없는 것일까?

사실 사춘기의 최초 성(性)적 대상은 동성이라고 한다. 심리학계에서는 인간의 성적 발달을 크게 다섯 시기로 나누고 있다. 구순기, 항문기, 성기기, 잠복기 그리고 생식기가 그것이다. 엄마의 젖을 빨면서 성적 쾌감을 느끼는 구순기와 배설을 구별하게 되면서 오는 항문기, 자신의 성기가 다른 이(異性)와 다르다는 것을 아는 성기기를 지나 오랜 잠복기가 오는데, 이때가 정신적 사춘기와 맞물린다는 것이다. 결국 이

시기에 멀리(?) 있는 이성보다는 가까이(?) 있는 동성이 먼저 성적 대상으로 다가설 수 있다는 것이다. 물론 그것은 이성(理性)보다 본능에 가까운 것으로 무의식적인 진화에 다름 아니다.

내게도 그런 경험이 있다. 나는 공공연히 나의 첫사랑은 초등학교 때라고 말하고 있지만, 사실 그때의 감정은 '이성을 좋아하는 감정'이었다. 같은 반의 다른 친구들보다 그 친구가 좋다는 감정, 그것도 동성 친구가 아니라 이성 친구였기에 특별한 감정이라고 느꼈다는 말이다. 그러나 정작 내가 '사랑이라는 게 이런 걸까?'라는 감정을 느낀 건 고등학교 친구에게서였다.

내게 사랑이라는 것은 나보다 상대가 먼저인 감정을 뜻하는 것이었다. 좋아한다는 것은 상대에게 내가 얼마나 중요한지가 참 중요한 일이지만, 사랑이라는 것은 상대의 마음이 어떤지가 더 중요해지는 것이다. 내가 사랑하는 사람의 마음이 비록 나를 향하고 있지 않을지라도 그 사람의 사랑이, 그 사람의 행복이 더 중요해지는 마음이 바로 사랑이라고 말이다.

문제는 시간이 그 순수함을 허락하지 않는 데 있다. 사춘기의 순수했던 그 마음이 변하지 않으면 좋으련만, 시간이 지나면서 생기는 마음의 욕심은 상대의 마음보다는 내 마음을 채우기 급급해지니 말이다. 내가 당신을 사랑하니 나를 바라보라고, 나만을 바라보라고 외치는 것은 얼마나 이기적인 일인가. 확인할 수 없는 마음 대신 상대의 육체를 속박하는 일은 또 얼마나 어리석은 짓인가. 그 이기적인 마음을 과연 사랑이라 할 수 있는 것일까.

우리가 떠드는 사랑이란 좀 더 커질 필요가 있다. 너와 나, 단둘이 아니라, 너의 공동체와 나의 공동체, 그리하여 우리라는 이름으로 사랑을 나눌 필요가 있다. 너와 나를 가두는 사랑이 아니라 우리를 키우는 사랑이 필요한 것이다. 육체적 관계에 대한 집착 따위는 날려버릴 수 있는 너그러운 시선이 필요한 것이다. 화면을 통해 눈으로 들어오고, 루머를 통해 귀에 들어오는 가십거리 같은 사랑에서 이만 눈을 돌리자. 우리의 사랑을 우리 스스로 쓰레기 취급하지는 말자는 말이다. 우리는 늘 순수한 사랑을 꿈꿔오지 않았던가.

우리에겐 많은 애인이 필요하다. 우리의 마음은 충분히 사랑으로 가득 차 있고, 누구든 사랑할 준비가 되어 있으니 말이다. 우리는 우리가 사랑하는 사람, 즉 우리의 애인들로 인해 더욱 성장할 것이고, 상대를 사랑하는 법도 배우게 될

것이다. 그리하여 사랑을 나누는 법 또한 깨우치게 될 것이다. 단순히 성(性)을 나누는 애인이 아니라 마음을 나누는 애인, 그것이 이 시대에 진정 필요한 애인은 아닐까 생각해 본다.

    p.s. 단, 애인이 이성인 경우-뭐 동성이라고 해도 크게 다르지 않다- 애인의 배우자와 나와의 관계가 애인과의 관계만큼이나 중요하다는 사실을 잊으면 안 된다. 친구의 친구는 친구라 하지 않는가. 마찬가지로 애인의 애인은 애인이라는 사실을 기억하자. 내가 사랑하는 사람이 사랑하는 사람인데 어찌 사랑스럽지 않겠는가. 물론 상대방이 받아들이지 못한다면 인내심을 갖고 기다려야 할 것이다. 사랑이 변하는 것이라고는 하지만, 한 번 애인은 영원한 애인이기도 하니 말이다. 시간은 모든 관계에 대한 이해를 도울 것이다. 성급하고 억지스러운 이해는 오해만을 불러일으켜 당신을 아침드라마의 주인공으로 만들고 말 뿐이다.

° 결혼은 미친 짓이다

       우리나라에서 낯설지 않은 몇 안 되는 프랑스인 이름 중에 베르나르 베르베르라는 작가가 있다. 이름이 낯설다면 『개미』, 『타나토노트』, 『천사들의 제국』, 『신』, 『파피용』, 『나무』, 『뇌』, 『파라다이스』 등의 제목을 떠올려보라. 기상천외하고 발칙한 상상이 고스란히 드러나 있는 그의 소설들 속에는 동서양의 고서에서 발췌한 문장들이 넘쳐난다. 내가 재미있다고 생각한 것은, 그가 그런 발췌 서적 중의 하나로 자신의 또 다른 작품인 『상대적이며 절대적인 지식의 백과사전』을 등장시켜 자신의 생각을 객관화하고 있다는 점이다.

       열네 살부터 써왔다는 그 백과사전에서 그는 '행복이란

즐거운 상태가 아니라 고통이 없는 상태'라고 정의 내린 바 있다. 나는 그 문장을 읽으며 그의 정의에 이런 가정을 덧붙이면 완벽할 것 같단 생각을 했다. '결혼한다면, 행복이란 즐거운 상태가 아니라 고통이 없는 상태가 되어버린다'고 말이다.

참으로 아이러니하게도 행복해지기 위해서 하는 것이 결혼인데, 결혼과 함께 행복은 더 이상 기쁨과 즐거움을 뜻하는 단어 편에 서지 않는다. 그저 아무 일도 일어나지 않는 상태, 어쩌면 더 이상 나빠지지 않는 어떤 상태가 '행복'이 되는

것이다. 하늘을 날 듯 한 기분, 꿈꾸어 왔던 행복은 결혼이란 골인 점을 통과하면서 점점 멀어지고 만다.

'결혼은 인생의 무덤'이란 말이 한두 사람의 인생 때문에 나온 말은 아니지 않겠는가. 연애는 우리에게 날개를 달아 주지만, 결혼은 우리를 땅으로 끌어내린다. 오죽하면 영국의 시인 바이런은 "사랑하는 여자와 함께 사느니 차라리 그녀를 위해 죽는 게 훨씬 낫다."고 했고, 오페라의 여신 마리아 칼라스는 "결혼하지 않으면 사랑이 훨씬 아름답다."고 했겠는가!

주말만 되면 이리저리 끌고 다니지 못해 안달이던 그가 남편이란 이름을 달자 체체파리(tsetse fly)에게 물렸는지 종일 잠만 잔다고 생각해보라! 당신 주변일 하나하나를 세심히 살펴주며 세상 모든 것으로부터 지켜주겠다고 큰소리치던 그가 시간이 지날수록 소 닭 보듯 무심해진다고 생각해보라!

주머니 가벼운 당신을 생각해서 여름엔 고궁 데이트, 겨울엔 박물관 데이트, 늘 먹고 싶은 건 떡볶이에 순대였던 그녀가 아내란 이름을 달자 명품 아니면 선물 취급을 안 한다고 생각해보라! 영화 〈슈렉〉에 나오는 장화 신은 고양이 같은 눈빛으로 당신만 바라보던 그녀가 결혼한 햇수가 더해지면서 살쾡이, 호랑이로 변해가는 모습을 상상해보라!

사실 사랑이라는 콩깍지가 벗겨지면서 보이는 배우자의 단점은 이미 예견된 것이었다. 그저 연애시절에는 단순한 개성이었고, 나와 다른 어떤 점을 가지고 있을 뿐이었다. 다르다고 틀린 것은 아니며, 다르기 때문에 얼마나 매혹적이냐며 사랑은 속삭인다. 나와 다른 사람에게 끌리는 것, 그것은 마치 서로 다른 극을 잡아당기는 자석의 끌림처럼 당연해 보였을 뿐이다. 애석한 건, 그 당연했던 현상을 의심하게 되는 데는 그리 오랜 시간이 걸리지 않는다는 점이다.

세상의 모든 연인들이 그렇듯 긍정의 힘이 충만한 연애시절에는 어떤 트러블도 사랑의 힘으로 극복할 수 있다고 믿는다. 추상적 이해심으로 가득 찬 연인들은 서로를 위해 변할 수 있을 것이라고 믿는다. 우스운 건 시간이 지날수록 내가 아니라 상대가 나를 위해 변화할 것이라고 믿는다는 거다. 그리고 그 믿음이 단순한 허상에 지나지 않았다는 것을 알아챈다.

사람은 쉽게 변하지 않는다. 그 평범한 진실이 사랑 앞에서는 어째서 늘 왜곡되는 것일까. 아마도 나만큼이나 모두들 이런 현상이 궁금했던지, 미국 국립보건원 딘 해머 박사는 성격과 유전자의 관련성을 연구하여 논문을 발표하였다. 그는 "성격은 유전자와 환경의 조합으로 형성되는 것"이라고 밝히며, "시간이 지나면 성격이 변할 거라고 생각하는 것은 환상"일 뿐이라고 일침을 놓았다.

이 대목에서 우리가 빠지기 쉬운 '나쁜 남자(또는 여자)' 얘길 짚고 넘어가야겠다. 물론 예의 바르고 친절한 것보다는 어딘가 반항적이고 비밀스러운 편이 매력적으로 보이는 게 어제오늘 일은 아니다. 다른 사람들에게는 '나쁜' 남자로 보이지만 나에게만은 '착한' 남자인 그를 사랑한다는 것은 또 얼마나 가슴 떨리고 뿌듯한 일인가.

사실 나쁜 남자(또는 여자)가 매력적인 이유는, '나쁜' 남자가 나를 만나 '착한' 남자가 된다는 순정멜로의 시나리오 때문이다. 인간의 허영심을 가장 잘 자극한 부분이기도 하다. 이 매혹적인 시나리오를 들이미는데 냉정하게 고개 저을 수 있는 사람이 몇이나 있을까. 다만 이 시나리오의 허점은 그 '나쁜' 남자가 진짜 '나쁜' 남자는 아니라는 데 있다. 우리에게 매력적인 남자는 '나쁜' 남자가 아니라 '나쁜' 남자인 척하는 남자이기 때문이다. 불행은 대부분의 사람들이 그 구별을 명확히 하지 못하는 데서 시작된다. 그리하여 매혹적인 사랑은 착각으로 시작하여 절망으로 끝나버리고 만다.

혹여 그 매혹적인 사랑이 지속된다고 해도 당신은 한 가지 사실을 명심해야 한다. 어떠한 현실에서든 결혼이 당신의 도피처가 될 수 없듯이, 아무리 공을 들인다 해도 결혼으로 상대방의 구세주 또한 될 수 없다는 것을 말이다. 세상의 어느 누구도 일방적인 구세주가 될 수는 없다. 결혼함으로써 서로의 보호자가 될 수 있을 뿐이다.

그러나 같은 보호자라도 배우자와 부모는 다르다. 아무리 사이가 나빠도 자식을 파멸시키고자 하는 부모는 없다. 그러나 당신이 사랑한 바로 그 남자(여자)로 인해 당신은 파멸의 길을 걷기도 한다. 아이러니하게도 말이다. 마찬가지로 배우자와 자식도 다르다. 자식의 어리석음은 눈감을 수 있어도 배우자의 어리석음에는 눈이 번쩍 뜨이기 마련이다. 그래서 부모 자식은 천륜이요, 부부는 인륜이라 하지 않는가.

남편은 아내에게 '고맙다'는 말을 듣고 싶어 하고, 아내는 남편에게 '사랑해'란 말을 듣고 싶어 한단다. 그래서 남편은 아내에게 '고맙다'고 말하고, 아내는 남편에게 '사랑한다'고 말한다. 이래서야 과연 '행복한 결혼생활'이란 게 존재할 수 있을까?

사랑에 빠진 연인들은 동경하고, 결혼을 앞둔 예비부부는 두려워하며, 깨소금 내 폴폴 나는 신혼부부는 의심하고, 함께인 것이 불편해지는 권태기의 부부는 좌절할 게다. 그러나 금혼식을 마친 부부라면 아마도 미소 짓지 않을까. 그 미소가 행복한 결혼생활에 대한 긍정적인 의미인지 아닌지는 이미 중요한 것이 아닌지도 모르겠다. 결혼은 분명 미친 짓이지만, 우리 모두는 그 미친 짓을 하고 싶어 미치니 말이다.

° '존재'의 힘

내가 그의 이름을 불러주기 전에는
그는 다만
하나의 몸짓에 지나지 않았다.

내가 그의 이름을 불러주었을 때
그는 나에게로 다가와
꽃이 되었다.

내가 그의 이름을 불러준 것처럼
나의 이 빛깔과 향기에 알맞은
누가 나의 이름을 불러다오.

나른한 오후의
마들렌

그에게로 가서 나도

그의 꽃이 되고 싶다.

우리들은 모두

무엇이 되고 싶다.

너는 나에게 나는 너에게

잊혀지지 않는 하나의 의미가 되고 싶다.

– 김춘수 「꽃」 전문

김춘수 시인의 「꽃」은 한국인이 가장 좋아하는 시 중의 하나라고 한다. 물론 시인의 의도와는 전혀 상관없는 생각들로 인한 것이긴 하지만 말이다. 그러나 시인의 의도와 상관없으면 또 어떠랴. 시는 완성이 된 순간, 이미 독자들의 것이 아닌가. 사랑의 느낌을 받는 순간, 한 사람과 처음 눈길을 나누는 그 순간, 우리는 시의 위대함을 절감한다. 그래, 이게 바로 내가 하고 싶은 말이라고!

　　아마도 다들 시 전문은 못 외운다 하여도 중요한 두세 행쯤은 외워서 써먹은 기억이 있으리라. 내가 이 시를 처음 접한 것은 중학생 시절이었다. 사춘기에 접어든 내게 「꽃」은 '이름'의 중요성을, 즉 상대적 존재에 대해 생각하게 했다.

　　이후 시간이 지나 페터 빅셀의 『책상은 책상이다』란 책을 접하게 되었을 때도 역시 '이름'에 대해 생각했다. 책의 제목이 된 「책상은 책상이다」는 소통의 중요함을 일깨워주는 이야기인데, 그 소재로 사물의 자신만의 이름으로 부르는 남자가 등장하기 때문이다.

　　모든 사람이 똑같은 이름으로 부르는 것을 나 혼자 다른 이름으로 부른다는 것은 얼마나 낯설고 외로운 일인가. 물론 그가 은둔생활을 하며 혼자만의 생활을 할 때에는 어떤 문제도 되지 않았던 일이다. 단지 사회와의 소통을 원했을 때, 그가 부르던 혼자만의 이름은 아무런 의미를 갖지 못하고 소외되고 만다.

사실 이름이 없다고 해서 그 사물의 성질이 변화되는 것도 아니고, 그 사물의 존재가 없어지는 것도 아니다. 그럼에도 불구하고 모든 사물은 이름을 지니고, 모두가 그 이름으로 불러주었을 때 비로소 존재의 가치를 부여받는다.

가끔 연인들의 애칭처럼 두 사람만의 공유 언어가 있을 수는 있다. 그러나 그것도 두 사람의 약속된 언어가 아닌가. 만약 상대방이 서로 약속한 이름이 아닌 다른 이름으로 부른다면, 이름을 불린 상대방은 그것을 자신의 이름이라고 생각지는 않을 것이다. 그 또는 그녀에게 자신과 같은 특별한 또 다른 존재가 있다고 의심하며 상처받을 게 빤하다.

단순한 기억력의 문제일 수도 있고, 상대방을 놀리기 위한 장난일 수도 있겠지만, 그 어떤 이유로든 절대 이름을 잘못 부르는 일은 없어야 한다.

하긴 영화 〈러브 & 드럭스(Love and Other Drugs)〉를 보면, 바람둥이인 남자주인공 제이미(제이크 질렐할 분)는 이름을 계속 틀리게 불러 여자의 관심을 끌기도 한다. 물론 이 작업 방식은 목표로 한 여자가 아직 그의 존재를 모르거나 관심이 없을 때 써먹는 방법으로, 일단 통성명을 하고 그녀가 관심을 보인다면 이름을 잘못 부르는 실수 따윈 절대 해서는 안 된다. 그 순간 끝장이니까. 그래서 바람둥이들은 여자들의 애칭을 하나로 통일하는 것이다. 이름은 간혹 잘못 부를 수도 있지만 단 하나의 애칭을 틀리는 일은 없을 테니까.

이런 연장선에서 생각할 수 있는 사랑의 포획법이 있다. 아직 당신의 남자가 아니거나 당신 말고도 다른 여자가 있는 것 같은 남자를 사랑하고 있다면, 그러나 꼭 당신의 남자로 만들고 싶은 남자가 있다면, 그에게 당신의 이름을 자주 부르게 하는 것이 좋다. 그가 어느 순간 다른 여자를 당신의 이름으로 부르게 될지 모르는 일이니까 말이다.

사실 이런 일들은 영화든 현실에서든 빈번이 일어나지만, 내게 가장 먼저 떠오르는 건 "사랑해, 미영!"을 외치던 박중훈의 모습이다. 이명세 감독의 영화 〈나의 사랑, 나의 신부〉 중 한 장면으로, 아내 미영(최진실 분)이 친정에 간 사이에 영민(박중훈 분)은 다른 여자와 함께 여관엘 가는데, 그 여자를 안으면서 버릇처럼 나와 버린 말이다(조정석과 신민아가 주연을 맡은 2014 〈나의 사랑, 나의 신부〉도 기대된다. 임찬성 감독은 이런 에피소드를 어떻게 표현해낼까?). 당연히 그 여자는 말없이 문을 열고 나가 버린다. 이 세상에 어떤 여자가 자기를 안으며 다른 사람의 이름을 부르는 걸 받아들이겠는가.

이야기가 너무 멀리 온 감은 있지만, 어쨌든 내가 하고 싶은 말은 이거다. 어떤 것이든 누군가 불러주는 이름으로 인하여 그 존재가 비로소 생명을 지니고 모습을 나타낸다는 것! 사람이든 사물이든 비록 이름은 있을지언정 아무도 불러 주지 않는다면, 그것은 이미 존재감을 잃고 아무것도 아닌 것이 되어버린다.

물론 반대급부가 생겨나는 것 또한 막을 길이 없다. 존재를 상징하는 이름과 함께 우리는 그 한계 또한 만들어버리기 때문이다. 오히려 이름이 주는 틀은 우리의 사고를 편협하게 만들고, 때론 그 안에 가두어버리기도 한다. 흔히 우리가 '선입견'이라고 부르며 이성적으로는 기피하면서도 머릿속 어디선가 미신처럼 믿어버리는 바로 그것들 말이다. 이 모순을 어떻게 극복할 것인가는 개개인의 문제이긴 하겠지만, 남들의 답이 아니라 스스로의 답을 찾는 것이 무엇보다 중요할 것이다.

어쨌거나 우리 주변의 것들에 이름이 있다는 사실은 얼마나 기쁜 일인가. 우리는 그 이름을 부르며 그 존재를 확인하고, 더불어 나를 확인하며 평온함을 느낀다. 그리고 무엇보다 곁에 내 이름을 불러줄 누군가가 있다는 것이 얼마나 고맙고 다행스러운 일인가. 비록 그것이 늘 좋은 일만은 아니라고 해도 말이다.

° 적당히 사랑하라

　　여자들이 '끄댕이를 잡혀도 싸다'고 인정하는 경우는 두 가지뿐이다. 하나는 '밥그릇'을 빼앗은 경우이고, 다른 하나는 '서방'을 빼앗은 경우이다. 그렇다면 배우자의 외도는 생계의 문제인가, 자존심의 문제인가? 사실 '둘 다'이기가 쉽고, 크게는 '가족의 파괴'일 테니 누가 봐도 빼앗긴 쪽은 '끄댕이' 잡을 권리가 있는 게다. 하지만 정작 배우자의 외도를 알게 되었을 때 그런 것들을 떠올리는 사람이 몇이나 될까. 배신감에 떨리는 분노 외에 그 어떤 감정이 먼저일 수 있으랴.

　　그렇다면 결혼도 직업의 선택과 마찬가지로 '제1'이 아닌 '제2'여야 하는 것은 아닐까?

가장 좋아하는 일이 아니라 두 번째 좋아하는 일을 직업으로 삼으란 말이 있다. 가장 좋아하는 일은 언제든 할 수 있고, 하려고 들 테니까 꼭 직업일 필요는 없다는 말이다. 가장 좋아하는 일은 그 일에서 아무리 멀리 와 있다고 해도 시간의 차이는 있을망정, 또는 방식의 차이는 있을망정 언젠가는 꼭 하게 되어 있다. 하지만 일(직업)은 평생 해야 할 일이니 좋아하는 분야인 것도 중요하지만, '제1' 좋아할 필욘 없다는 것이다.

결혼도 그와 마찬가지인 건 아닐까?

가장 사랑하는 사람보다는 그 다음으로, 또는 '적당히' 사랑하는 사람이 생활을 여유 있게 만들지도 모를 일이다. 그렇다면 집착이나 배신감도 줄어들 테니 '그'가 한눈판다고 '그'에 대한 배신감에 눈이 뒤집혀 그의 또 다른 '그녀'의 머리채를 휘감는 일도 없어지지 않겠는가. "나도 네가 '제1'은 아니야!" 싶은 마음으로 조금 봐줄 수 있는 맘이 생길지도 모르지 않은가. 뭐 말이 그렇다는 얘기다. 사실 모든 분노의 크기를 우리가 정확히 젤 수 있다면 세상이 조금은 더 편해졌을 테니 말이다.

그렇다면 결혼생활이 안정기에 들어서려면 얼마큼의 시

나른한 오후의
마들렌

간이 걸릴까?

　물론 사람들에 따라 다르겠지만, 일반적으로 5년은 지나야지 싶다. 5년은 지나야 상대방의 버릇도 알고, 그 버릇이라는 게 절대 고쳐지지 않는다는 것도 깨우칠 수 있으니 말이다. 물론 더 많은 시간을 들여 깨닫는 사람도 있고, 아주 짧은 시간에 깨닫는 사람도 있지만, 우선 중요한 건 깨닫는 것이다. 인정하는 데는 또다시 많은 날들이 필요하게 될 테니까.

　문제는 상대방의 어리석은 행동-이것은 어디까지나 상대적인 것임에도 불구하고-을 참아줄 수 있다고 믿는 오만함에 있다. 그것을 사랑이라고 착각하는 우둔함에 있다. 누구도 자신을 버리고 상대를 이해할 수 없으며, 아무도 자신을 버리며 상대를 추종할 수는 없다. 아무리 사랑해도 나보다 상대방을 더 사랑할 수는 없는 노릇이다. 아니라고 부정하는 당신은 아직 사랑의 본질을 알지 못하고, 아직 사랑의 마법 속에 감춰진 비밀을 풀지 못했을 뿐이다.

　물론 이 말이 당신의 사랑을 부정하고 있는 것은 아니다. 당신이 걸린 사랑의 마법은 어쩌면 영원히 풀리지 않는 주문일 수도 있고, 풀리는 주문 자체가 없는 것일지도 모른다. 그저 어쩌다 문득 '내가 왜 이러고 있지? 여기서 뭘 하고 있나?' 하는 생각이 들 일이 없을 만큼만 사랑하자는 것이다. 혹시라도 풀려버린 마법에 당황하지 않을 만큼만 사랑하자는 것이다. 마법에 걸렸던 시간들이 허무하고 고통스러워 잊어버리고 싶은 기억이 되지 않을 만큼만 사랑하자는 거다.

'너무 사랑해서'라는 병이 있다. 눈이 멀고, 귀가 멀고, 결국엔 온 이성을 마비시키는 무서운 병이다. 문제는 이토록 무서운 결과를 초래하는 이 '너무 사랑해서' 병이 처음엔 너무도 달달한 감정적 증상을 동반하기 때문에 아무도 경계를 하지 못한다는 점에 있다. 그러다가 문득 스스로 이상 증상을 느끼게 될 즈음엔 질 좋은 코카인처럼 온몸으로 갈구하게 된다. 지옥의 문 앞에 서는 것이다.

그나마 다행인 것은 이 병의 치료가 의외로 간단하다는 점이다. 물론 이 병 또한 다른 중독들처럼 심리치료가 가장 중요한데, 무엇보다 환자 스스로의 '의지'만으로 빠른 쾌유가 가능하다. 다른 하나의 변수는 '시간'으로, 이 '너무 사랑해서' 병의 가장 특이한 변수는 절대적이 아니라 상대적 시간이다. 환자에 따라서는 초기에 바로 고쳐지기도 하고, 가끔은 전혀 가망이 없어 보이던 말기 환자의 몸에 뜻밖의 항체가 형성되기도 한다.

안타까운 건 그 항체라는 것이 특이해서 모든 사람에게

다 적용할 수 없기 때문에 백신이라는 것을 제조할 수 없다는 데 있다. 또한 일단 형성된 항체라도 또다시 '너무 사랑해서' 병에 걸리면 아무런 쓸모가 없어진다는 데 있다. 또다시 새로운 항체를 만들어내는 도리밖에 없다. 환자 스스로가 이겨내는 수밖에 없다는 말이다.

그건 마치 감기와도 같다. 면역력이라는 게 없는 거다. 그저 걸리기 전에 예방하고, 증상이 시작되면 스스로 관리하는 수밖에 없다. 그런데 이 예방이라는 게 참 어렵다. 이 병의 감염 경로가 아직 밝혀지지 않은 까닭이다. '너무 사랑해서' 병은 사람이 접할 수 있는 모든 감각과 감정으로 감염되기 때문에 무엇 하나를 조심한다고 예방할 수 있는 것이 아니기 때문이다. 참 골치 아픈 병이다.

윤태익의 『타고난 성격으로 승부하라』란 책을 보면 「소와 사자의 어긋난 사랑」에 관한 이야기가 나온다.

옛날에 사자 군과 소 양이 살았다. 둘은 서로를 너무나 사랑했기에 결혼을 하기로 했다. 결혼식장

에서 둘은 살아가면서 서로에게 최선을 다하겠다고 약속했다.

최선을 다하기로 약속한 소는 사자를 너무나 사랑했기 때문에, 매일 아침 들판에 나가 가장 싱싱하고 맛있는 풀만을 베어 사자에게 주었다. 사자는 괴로웠지만 사랑하는 소를 위해 말없이 참았다. 사자도 사랑하는 소를 위해 매일 초원에 나가서 사냥을 해, 여리고 부드러운 살코기만을 골라 소에게 주었다. 소 역시 괴로웠지만 사자가 상처를 받을까 봐 묵묵히 참았다.

그러나 참는 데는 한계가 있었다. 드디어 사자가 소에게 숨겨 왔던 마음을 털어놓았다.

"도대체 나한테 왜 이러는 거야? 난 당신을 위해서 최선을 다해 일하고 가장 싱싱한 고기만을 주었는데, 당신은 지금까지 날 위해 뭘 했지? 나를 정말 사랑하기는 한 거야?"

소는 너무나 기가 막혀서 울먹이며 대답했다.

"당신 어떻게 그런 식으로 말할 수가 있어? 그러는 당신은 날 위해서 뭘 해줬지? 그동안 당신의 행동이 맘에 안 들었지만, 사랑하니까 참고 이해하려고 노력했어. 난 당신을 위해서 최선을 다해 풀을 베었다고!"

둘은 결국 헤어지고 말았다. 소는 소대로, 사자는 사자대로 각자의 방식대로만 서로를 이해하고 배려하면서 자신은 최선을 다했다고 생각했던 것이다.

저자는 이 우화를 들려주며 "우리는 혹시, 소와 사자의 우화처럼 일하고 사랑하며 살아가고 있는 것은 아닐까? 아무리 성공적인 방식이라도 나에게 맞지 않으면 사자가 풀을 먹고 소가 고기를 먹는 것처럼 소화해내기 어렵다."는 성공으로 가는 길에 대한 팁을 제시하고 있다.

피가 되고 살이 되는 그런 팁은 버려두고, 그저 나는 '너무 사랑해서' 병에 걸린 사자와 소를 본다. 조금만 덜 사랑했어도 나의 최선이 꼭 상대방의 최선은 아니라는 사실을 알았을 텐데, 조금만 덜 사랑했어도 무조건 참는 것만이 능사가 아님을 알았을 텐데, 조금만 덜 사랑했어도 사랑과 생활이 하나가 아니라는 것을 알았을 텐데…… 하고 말이다. 눈이 멀고 귀가 멀어서 자신의 최선에만 집착하게 되는 '너무 사랑해서' 병에 걸린 사자와 소처럼, 우리들은 독선적인 최선을 매순간 사랑이라고 착각하고 있는 것은 아닐까…… 하고 말이다.

˚ 추억을 마시다

봄이 화려하게 느껴지는 것은 아마도 강렬한 색감 때문일 게다. 강렬한 색감이라는 말에 원색의 계절인 여름을 먼저 떠올리는 사람도 있겠지만, 그건 '붉은 태양', '푸른 바다' 하는 식의 상징적인 것이고 봄은 다르다. 아직 피부가 느끼기도 전에 봄은 우리의 눈으로 먼저 들어온다. 개나리, 진달래, 목련, 매화, 벚꽃, 제비꽃, 철쭉 등 하나같이 자신만의 화려한 색을 자랑하며 무채색으로 무장한 겨울을 해제시킨다. 그리고 그 선봉에 산수유가 있다.

사실 내가 산수유를 알게 된 건 10년도 채 안 된다. 차를 타고 지나가다 "개나리가 저렇게 나무처럼 생긴 것도 있나?" 하니 아빠가 깜짝 놀라시며 "저건 산수유!"라며 웃으셨다. 정말 무식하게도 나는 산수유가 빨간색인 줄 알았다. 아마도 붉게 말린 산수유 열매에 대한 기억이 강해서 아무 생각 없이 산수유를 빨강으로 인식하고 있었던 것 같다.

그러고 보면 우리 뇌는 처음 박힌 기억을 재인식하는 능력이 많이 떨어지는 것 같다. "너나 그렇지!"라고 비웃음을 살 수도 있겠으나, 아무리 '바나나는 원래 하얗다'며 흰색 바나나우유를 선보여도 여전히 노란색의 바나나'맛' 우유를 따라잡지 못하는 걸 보면, 꼭 나만 그런 것 같지는 않다. 아니, 어쩌면 그것은 질적인 맛의 차이나 색의 문제가 아닐지도 모르겠다. 우리가 혀보다는 가슴이 기억하는 '추억의 맛'을 더 선호하기 때문일 수도 있다. 똑같은 브랜드의 커피우유라도 종이팩보다는 비닐의 삼각 패키지가 더 인기 있는 것처럼 말이다.

나는 집에서 술 마시는 걸 좋아하는 편인데, 그건 술집 특유의 시끌벅적함이나 냄새가 싫기 때문이다. 가벼운 주머니 사정에 맞춘 술집에서 술을 마시면, 머리칼이나 속옷까지 밴 담배냄새는 그렇다고 쳐도, 밤새 살려 달라고 소리라도 친 양 다음날 목이 아프다.

특히 일본에 있던 시절에는 대부분 친구들과 집에서 술

나른한 오후의
마들렌

을 마셨다. 서너 명인 우리는 맛있는 김치가 있거나 한국에서 번데기 깡통이라도 오는 날이면 시간을 쪼개어 자리를 만들곤 했다. 먹을거리는 좀 부실한 듯, 마실거리는 좀 많은 듯 준비해도 늘 먹을거리는 남고 마실거리는 부족했다.

작은 탁자를 가운데 두고 한 잔 두 잔 비워지는 만큼 길지도 짧지도 않은 우리의 인생 이야기도 쌓여갔다. 그래서 집에서 마실 때는 네 명이 한계다. 네 명을 넘기면 한 주제로 대화하기가 힘들어질뿐더러 냉장고와 화장실을 들락거리느라 어수선해지기 때문이다.

"막걸리 한 병과 김치 한 보시기만 있으면 행복하다" 말하던 천상병 시인처럼, 나도 조촐하고 평화로운 그 시간들이 좋았다. 나이가 들어 친구가 되는 일은, 서로 다른 산길을 따라 내려와 섞이는 강물처럼 그렇게 소리 없이 조용히 이루어졌다. 너는 너의 길을, 나는 나의 길을 가지만 우리는 함께였다. 물론 술도 함께였고, 술과 함께였다.

언젠가 올케에게 "언니는 어떻게 주변에 늘 술 잘 마시는 사람들이 있지? 정말 희한한 것 같아."라는 소리를 들은 적이 있다. 그게 있잖아, 내가 술 안 마시는 사람이랑은 잘 안 노는 것 같아……. 나는 내 친구들을 사랑하지만, 술과 함께 있는 내 친구들을 더욱 사랑한다. 술과 함께 했던 내 친구들과의 추억을 사랑한다.

부슬부슬 비가 내리는 역 앞의 포장마차(오뎅 야타이)에 나란히 앉아 아츠캉(熱燗)과 레이슈(冷酒)를 홀짝거리다 보니 어느새 됫병 한 병씩을 비웠던 기억……. 일본인들은 비가 오면 대부분 일찍 집에 들어가기 때문에 처음부터 끝까지 손님은 우리 둘뿐이었다. '비도 오는데 한잔 해야지' 같은 인사는 한국인들의 전유물인 거 같다. 비도 오고 손님이라고는 여자 둘이라 방심했던 주인은 결국 술을 사러 갔다 오는 수고를 감당해야 했다.

영월의 청령포에 갔다가 비가 오는 바람에 청령포로 들어가지 못하고 애타게 바라만 보다 어쩔 수 없이 들어간 간이 음식점에서 맛본 감자전과 막걸리 덕에 청령포에 대한 미련 따윈 잊어버렸던 기억……. 일본인 친구와 함께한 기차여행은 비와 술이 함께였기에 행복했었다. 그날의 시간들이 너무 그리워 혼자 똑같은 길을 걸어보았지만, 그녀도 술도, 더구나 비안개마저 없는 여행은 너무도 덤덤했다.

통성명을 하기도 전에 해 저문 바닷가에서 맥주 캔을 나누어 마셨던 기억……. 우리는 바닷가로 가는 길에서 만나 이야기를 먼저 나누었고, 그 다음엔 술을 나누었고, 마지막으로 이름을 나누었다. 그렇게 우리는 아직까지 친구다.

가출(?)을 핑계 삼아 찾은 친구 집에서 3박4일 술만 마셨던 기억······. 부부싸움(?)을 핑계 삼아 내 집을 찾은 친구와 3박4일 술만 마셨던 기억······. 우리는 많은 이야기를 나누었지만, "왜?"인가는 묻지 않았다. 무슨 일인가를 묻기보다는 술을 나누며 마음을 나누었다. 오래된 친구라는 건, 사랑하는 친구라는 건 생각보다 훨씬 더 많은 부분에서 안도감을 준다. 오래된 친구를 오래된 술에 비유하는 게 헛말이 아니다.

시인 이상을 기리며 사흘간 쉬지 않고 마신 술 때문에 서른이라는 나이에 심장마비로 요절한 시인 박인환의 이야기를 읽었다. 그의 문우들은 그의 무덤에 그가 평소 좋아하던 술 조니 워커와 카멜 담배를 함께 묻어주었다고 한다. 나도, 그리고 내 친구들도 누가 먼저이든 술잔을 앞에 놓으면 비록 볼 수 없는 처지가 된다고 하더라도 서로를 생각하며 미소 지을 것이다. 그리고······ 그것으로 충분하다.

° 영혼을 지배하는 향기

　　처음 파트리크 쥐스킨트의 소설 『향수』를 읽었을 때만 해도 단순히 그의 편집증적인 생각이 참으로 절묘하게 어우러진 작품이라고 생각했다. 그런데 이 작품이 베스트셀러가 되고 영화화까지 되는 것을 보자, 나는 사람들이 생각보다 향기, 즉 냄새에 대해 관심이 많다는 것을 알게 되었다.

　　사실 나는 냄새에 대한 '스트레스'를 가지고 있다. 아빠가 냄새에 굉장히 예민하신 분이라 현관문을 들어서는 순간부터 집에서 무슨 냄새라도 나면 눈살을 찌푸리셨다. 오죽하면 우리 집엔 우리나라 최초의 김치냉장고(1984년 금성사 제품)도 있었다. 물론 지금처럼 커다란 냉장고는 아니었고, 정확히 기억은 안 나지만 $50\,cm \times 30\,cm \times 120\,cm$ 정도의 크기였던

것 같다. 암튼 나는 지금도 냄새만큼은 일반인보다 조금 더 예민한 편인데, 진실을 고백하자면 나는 나름의 이 유전적 능력이 결코 편안하지 않다.

다른 동물들에 비해 어설픈 모습으로 태어나는 인간도 후각적 능력만은 가지고 태어나는데, 아기는 생후 3일이 지나면 엄마의 냄새를 구별할 수 있고, 6개월이 되면 모든 냄새를 추리하고 좋고 싫은 냄새를 구분할 수 있단다. 결국 인간은 시각적 능력이 발달하면서 원래 예민했던 후각적 능력을 상실해가는 건지도 모르겠다.

인간의 뇌는 1/3 이상의 자원을 시각 능력에 쏟기 때문에

대부분 우리는 시각에 의존하는 경우가 많은데, 본래 냄새보다 기억하기 쉬운 것은 없다고 한다. 다른 어떤 감각보다 우리의 감정을 자극하는 것은 후각으로, 오감 중 후각만이 가장 직접적으로 감정을 조절하는 뇌의 변연계와 연결되어 있기 때문이다. 특정한 냄새를 통해 과거의 일을 기억해내는, 일명 '마들렌 효과'라고 불리는 '프루스트 현상'의 실체인 셈이다 (프루스트의 소설 『잃어버린 시간을 찾아서』를 보면, 마르셀이 홍차에 적신 마들렌 냄새를 맡고 어린 시절을 회상하는 장면이 나온다).

드라마 〈제빵왕 김탁구〉에서 탁구는 말한다. "적당할 때 좋은 효소 냄새가 나는 것처럼 사람의 진심에서도 그런 냄새가 나는 것 같아." 탁구처럼 심미안의 코를 가졌다면 얼마나 좋겠는가만, 불행히도 대부분의 인간에게 그런 능력은 없을 것이다. 하지만 나는 베르베르의 소설 『개미』를 읽으면서 인간에게도 분명 우리가 느끼지 못하는 페르몬이 있을 거라는 생각을 했었다. 우리가 무의식적으로 느끼는 그 무엇이 사실은 상대방이 발하는 페르몬일 수도 있다고 말이다. 따라서 시각의 발달과 함께 퇴화된 우리의 후각이 진심의 냄새는 맡을 수 없을지 몰라도 '육감'이 진심을 알아챌 수는 있을 것이라고 믿는다. 물론 그게 언제나 정확하지는 않을지라도 말이다.

1995년 스위스의 클라우스 베데킨트 교수 팀이 발표한 논문에 '땀에 젖은 티셔츠 실험'이라는 것이 있다. 땀에 젖은 남성의 티셔츠를 여성들에게 맡아보게 하였더니, 여성들은 자신들과 특정 유전자의 차이가 큰 남성의 땀 냄새를 선호하더라는 것이다. 이 특정유전자는 바로 주요 조직 적합성 복합체(MHC)라는 것으로, 한때 친자감별을 분석하던 유전자였고, 장기 이식 때 거부반응의 여부를 판별하는 유전자이다. 진화생물학자들의 말을 빌리자면, "면역반응을 조절하는 항원복합체 유전자가 서로 다를수록 성적 매력을 느끼는 것은, 근친상간을 막고 다양한 면역 체계를 갖춘 후손을 낳기 위

함"이란다.

그래서일까? 많은 연인들이 서로의 체취를 갈망하며, 서로의 체취를 느끼고 있다고 자부한다. 그러나 불행히도 우리가 기억하는 연인의 체취는 스킨이나 향수 냄새일 가능성이 크다. 원래는 사람마다의 개인적 체취로 인하여 같은 스킨을 써도 다른 냄새가 난다고는 하지만, 우리나라 사람들 대부분은 서양인들처럼 진한 체취가 없어 그 향이 크게 다르지는 않은 것 같다. 물론 외국인들은 우리에게 김치냄새, 즉 마늘냄새가 난다고 하지만 우리끼리야 뭐 그런 걸 느끼겠는가.

독일에서는 "너의 냄새가 싫어졌어!"라는 말이 더 이상 사랑하지 않는다는 의미라고 한다. 그러고 보니 밀란 쿤데라의 소설이 떠오른다. 『참을 수 없는 존재의 가벼움』에는 한 침대에서 잘 수 있다는 것의 의미를 이야기하는 대목이 나온다. "한 침대에서 잔다는 것은 섹스만을 하겠다는 것이 아니다. ……그들은 항상 꾸민 모습으로 만나며, 눈곱 낀 얼굴을 볼 수 없으며, 단내 나는 입술에 키스를 할 수 없다." 아마도 더 이상 냄새 나는 입술에 키스하고 싶지 않다면 사랑이 식었다고 느끼는 것일까?

원래 키스라는 게 인간이 서로 냄새를 맡는 행위에서 유래되었다고 하니, 냄새와 사랑의 관계가 밀접하게 연관되어 있는 건 어쩔 수 없는 것인가 보다. 게다가 키스는 잠재적 파트너의 자질을 평가하는 데 도움이 된다고 하는데, 영화 〈프로포즈〉를 보면 한 번의 키스가 어떻게 두 사람의 관계를 전환시키는지 잘 보여주는 장면이 나온다.

일명 '마녀'로 통하는 편집장인 마가렛(산드라 블록 분)은 미국 비자를 위해(그녀는 캐나다인이다) 자신의 비서인 앤드류(라이언 레이놀즈 분)에게 계약결혼을 제안하고, 승진 약속에 혹한 앤드류도 이를 받아들여 둘은 결혼을 위해 앤드류의 고향인 알래스카로 간다. 연인관계로 알고 있는 가족들 앞에서 두 사람은 어쩔 수 없이 키스를 하게 되는데……. 서로에게 절대 남녀로서의 감정을 느낄 수 없다고 생각했던 두 사람이 첫 키스를 나누는 순간, 확연히 달라지는 그들의 표정을 확인할 수 있다.

남성보다는 여성이 키스의 중요성을 높게 평가하며, 여성 쪽이 첫 키스 이후 상대에게 느끼는 매력의 변화 정도가 크다고 한다. 단기 커플보다 장기 커플이 키스를 더욱 중요하게 생각하며, 키스를 자주 하는 커플은 관계 만족도가 높지만 섹스의 빈도는 별 상관관계가 없다고 했다. 아마도 이미 확립된 관계에서는 애정과 애착을 매개하는 데 키스가 중요한 역할을 한다는 의미일 것이다.

내 입술에서 소나무 향이 난다고 말했던 남친이 있었다. 그때는 그게 무슨 뜻인지도 모르고, '이게 좋다는 거야 싫다는 거야?' 싶은 마음에 속앓이만 했었다. 지금 생각해보니, 어쩌면 그는 알았던 걸까? 냄새와 사랑의 끊을 수 없는 역학관계를 말이다.

나른한 오후의
마들렌

사물의 추억

"왜 거부기예요?"

메일 닉네임 덕분에 받은 질문이다. 나는 바로 "느려서요."라고 대답했지만, 질문을 한 쪽은 고개를 갸우뚱거리며 수긍을 못하는 눈치다. 이때 수긍을 못한다 함은 내가 느리다는 것을 인정하지 않는다는 것이 아니라, 설마 느리다는 것 때문에 닉네임을 '거부기'로 하겠냐는 의문이 그대로 남아서다.

"난 또 거북이를 좋아하나 해서……." 하고 좀 더 수긍할 만한 답을 내놓으라는 그에게 나는 냉큼 "당연히 좋아하죠!" 하고 그가 원하는 대답을 해주었다. 혹 '냉큼'이라는 단어가 가진 느낌 탓에 오해의 여지가 있을까 싶어 말해두지만 나는 정말로 거북이 좋다. 그 큼지막한 눈도 좋고, 느릿느릿 걷는 듯 기는 듯한 동작도 좋고, 겨울잠을 자는 것도 좋다. 게다가 지상에서와는 달리 수중에선 얼마나 유연하고 빠르게 움직이는가! 그 반전 매력도 빼놓을 수 없다.

하지만 내가 '거부기'란 닉네임을 쓰는 가장 큰 이유는, 그 이름이 주는 향수 같은 것일 게다. 우리 집엔 거북이 둘 있었다. 큰 거북, 작은 거북. 엄마가 큰 거북이고, 내가 작은 거북이다. 아빠가 놀리느라 붙여준 별명일 테지만, 난 그 별명이 맘에 들었다. 사실 엄마는 '거북'이라 불리기에는 다소 억울한 감이 없지 않다. 엄마는 육지의 거북이라기보다는 바다 속 거북에 가까우니까. 다만 엄마는 정리에 유난히 약해서 장롱 정리 하나 하는 데 한나절이 걸리면서도 다른 식구들이 보기엔 대체 무슨 정리를 한 건지 알 수가 없을 정도다. 전부 꺼내놓았던 것이 한나절 후에는 모두 순서만 바뀌어 다시 들어가 있으니까. 게다가 웬일인지 약속시간에 절대적으로 늦는 버릇(?)을 가진 탓에 거북이란 별명을 얻게 되었다.

그에 비해 난 억울할 것이 거의 없다. 아마 그 시절 나무늘보가 조금만 더 일상적인 동물이었다면, 내 별명은 분명 '나무늘보'였을 것이다. 난 예나 지금이나 움직이는 걸 그리 좋아하지 않는다. 책을 읽든 텔레비전을 보든 멍하니 있든,

한 시간이고 두 시간이고 같은 자세로 앉아 있다며 올케는 내게 '가구 같다'는 표현을 썼다. 어쩌면 쓸데없는 움직임에 인색한 나를 생각하면 올케가 말한 '가구'가 내게는 더 잘 어울릴지도 모르겠다. 다만 내가 작은 거북이 된 결정적인 이유는 엄마를 닮아서다. 나도 엄마처럼 정리에 많은 시간을 쏟아 붓지만, 당연히 정리를 했다고 아무도 믿지 않을 정리를 한다.

지금은 컴퓨터 책상인지라 책상서랍이라는 게 없어졌지만, 예전엔 왠지 깨끗해지고 싶으면(특히 시험공부를 해야 할 때가 되면) 일단 책상서랍부터 정리했다. 나는 지금도 문구류를 좋아하지만, 예전엔 그 정도가 무척 심하여 서랍마다 각종 문구류가 쌓여 있었다. 게다가 친구에게 받은 쪽지, 선물 포장지에 리본까지 버리는 게 없었다. 그걸 하나씩 꺼내 만지며 정리하다 보면 어느새 하루해가 저물었다. 내게 정리란 불필요한 것을 줄이거나 없애서 말끔하게 치우는 행위가 아니라, 곁에 두었던 물건들을 다시 '들여다보는' 행위였던 것이다.

사실 어렸을 때는 정리 좀 못한다고, 버려야 할 물건들을 잔뜩 끌어안고 있다고 큰 문제가 되진 않는다. 어차피 내 방이라는 한정된 공간에서의 일이니까. 하지만 결혼을 하면 이야기가 달라진다. 방이 아니라 집이라는 공간 전체가 내 소관이니까. 물론 정리정돈이 생활화되어 있는, 아주 깔끔한 성격

나른한 오후의
마들렌

을 가진 탓에 몸소 그 깔끔함을 실천하시는 남편님을 만난다면야 무슨 문제가 되겠는가. 하지만 불행인지 당연한 일인지 그런 남편님을 만날 확률은 로또 당첨되기보다 더 어려운 일이고, 역시나 나는 로또에 실패했다. 그러니 어쨌든 나는 내 '정리'라는 것의 방법부터 바꾸어야 했다.

그러기 위해서는 무엇보다 '버리기'를 실천하는 것이 중요했는데, 이 '버린다'는 행위가 내게는 참으로 힘이 들었다. 내게 무언가를 버린다는 것은 소유의 문제가 아니라 '추억'의 문제였다. 소유에 대한 집착이 아니라 추억에 대한 집착, 내 지나온 시간에 대한 집착이었던 거다.

그리고 보니 〈업(up)〉에 나오는 칼과 러셀도 그랬다. 〈업(up)〉은 내가 좋아하는 애니메이션 중의 하나로, 하고 싶은 이야깃거리가 많은 영화다. 그중 하나가 사물에 대한 추억이다. 스카우트 배지로 아버지를 추억하는 러셀은 스카우트 배지에 집착하고, 사랑하는 아내를 먼저 저세상으로 보낸 칼은 아내와의 추억이 담긴 집 안의 모든 물건들에 강한 애착을 보인다. 물론 결론적으로는 두 사람 모두 왜곡된 집착에서 벗어나지만, 무언가를 지키려는 의지와 사랑이 왜곡된 집착을 어떻게 해방시키는지를 잘 보여주었던 것 같다. 내겐 참으로 가슴에 와 닿는 설정이었다.

추억은 사물로 기억하는 것이 아니라 가슴으로 기억하는 것이라고 한다. 하지만 역시 머리로 이해하는 것과 가슴으로 받아들이는 데는 차이가 있어서 여전히 나는 내 소중한 추억들을 사물을 통해 만지고 싶다. 역시 나는 소유에 집착하는 찌질이가 맞나 보다.

인생 예고편

　　　　　일본 친구들과 영화 이야기를 할 때 가장 곤란
한 부분이 한국판과 일본판의 영화 제목이 다르다는 점이다.
혹 원제를 알고 있다고 해도 일본식 영어는 아무리 해도 익숙
해지지 않는지라 포기하는 게 낫다. 그래서 궁여지책으로 스
토리를 말하고 배우 이름을 말하고(배우 이름 또한 서로의 발음
이 달라서 한참 애를 먹기도 한다) 해서 겨우 "아하!" 하고 고개
를 끄덕이게 된다.

　한국과 일본만큼 수입하는 영화나 책 제목을 다르게 짓
는 곳도 없다고 한다. 원제보다 국민의 정서와 취향에 맞추는
쪽을 택하는 것이다. 출판 쪽 사정을 어느 정도 아는 나로서
는 이해 안 되는 바는 아니지만, 가끔은 너무 생뚱맞단 생각

이 드는 것도 사실이다.

영화 포스터가 나라마다 다르다는 것은 이미 널리 알려진 사실이고, 그렇다면 예고편도 어느 정도는 다르게 편집할 수 있겠다는 것도 예상할 수 있는 부분이다. 그러나 내가 정말 놀란 건 애니메이션 〈업(up)〉의 예고편을 보고 나서다.

우리나라의 〈업(up)〉예고편은 풍선으로 집을 통째로 들어 올려 여행을 떠나는 할아버지 칼과 엉겁결에 그 여행에 동참하게 된 소년 러셀의 모험여행 같은 느낌이었다. 희귀한 새를 만나고, 그 새를 쫓는 말하는 개들을 만나고, 엉뚱한 사고들이 생겨 좌충우돌하는 모험과 칼과 러셀의 우정에 중점을 두었었다. 그런데 일본에서 본 예고편은 전혀 달랐다. 내가 한국의 예고편을 보지 않았더라면 아마 전혀 다른 영화라고 생각했을 정도였다.

〈업(up)〉은 영화 초반부에 칼과 엘리의 결혼식 장면부터 시작해서 두 사람의 결혼생활, 엘리의 임종까지의 시간들을 대사 없이 장면 장면으로만 연결하여 보여주는 부분이 있는데, 일본에서의 〈업(up)〉예고편은 바로 그 부분을 편집 없이 그대로 보여주었다. 어쩌면 왜 집을 통째로 가지고 여행을 하는지, 그 여행이 무슨 의미인지에 대한 타당성을 제시하기 위한 전제일 수도 있다. 하지만 어쨌든 내가 영화의 내용을 몰랐다면, 그 예고편만으로는 그저 두 사람의 사랑 이야기인 줄 알았을 거다.

한 영화의 전혀 다른 느낌의 예고편은 내게 무척이나 인상적이었다. 어쩌면 이 영화를 선택한 한국 관객과 일본 관객은 서로 다른 것을 기대했을지도 모르겠다. 예고편이라는 게 그렇게 사람을 '들었다 놨다' 한다.

영화 〈패밀리 맨〉을 보게 된 건 순전히 우연이었다. TV 채널을 돌리다가 마침 영화전문채널에서 시작하려고 하는 영화가 있어서 아무런 사전 지식 없이 보기 시작했는데, 그만 그 이야기 속에 푹 빠져버렸다. 영화의 줄거리는 어찌 보면 간단하다. 우리가 익히 알고 있는 '한단지몽(邯鄲之夢)' 같은 얘기다.

월스트리트의 실력자 잭 캠벨(니콜라스 케이지 분)은 큰 거래를 앞둔 크리스마스이브에 옛 연인 케이트(티아 레오니 분)의 연락을 받지만 무시한다. 영국으로 인턴십을 떠나기 전 공항에서 매달리던 케이트를 뿌리친 지 이미 13년이 되었고, 그동안 한 번의 연락도 없이 그는 성공만을 위해 달려왔었다. 그는 식료품가게에서 부랑자와 같은 캐쉬(돈 치들 분)를 만나 이야기를 나누게 되는데, "나는 필요한 모든 것을 가졌다"는 잭의 한마디로 모든 것이 바뀐다.

　다음날 아침 눈을 뜬 그가 맞이한 것은 전혀 다른 인생이었다. 그것은 13년 전 헤어진 케이트와 13년 동안 함께 살고 있는 삶이었던 것이다. 처음에는 너무도 당황하고 어이없던 하루하루가 조금씩 소중한 삶이 되어가는 잭. 그가 진정으로 자신이 원하는 것이 무언인지를 깨달을 무렵, 그는 다시 월스트리트의 잭으로 돌아온다. 여기까지는 그야말로 '모든 것이 하룻밤의 꿈'인 한단지몽과 같다. 다만 영화는 좀 더 아름다운 결말을 맺고자 한다.

　현실로 돌아온 그는 쓰레기통에 버렸던 케이트의 연락처를 찾아내 그녀를 찾아가는데, 13년 전과는 정반대, 즉 이번에는 케이트가 프랑스로 떠나려고 하는 상황에 직면한다. 잭은 케이트에게 '우리가 함께 한 13년'을 이야기하며 커피 한 잔만 마실 시간을 달라고 한다. 영화는 그렇게 두 사람이 마주 앉아 정답게 이야기를 나누는 장면으로 끝이 난다.

　이쯤 되면 영화는 '한단지몽'이라는 고사가 아니라 찰스 디킨스의 소설 『크리스마스 캐럴』의 스크루지를 연상시킨다. 하룻밤에 과거, 현재, 미래의 유령들과 함께 떠난 여행(?)을 계기로 개과천선하는 이야기 말이다.

　도이 노부히로 감독의 영화 〈지금 만나러 갑니다〉에도

비슷한 설정이 나온다. 미오(다케우치 유코 분)가 자신이 교통사고를 당하고 정신을 잃었을 때 타쿠미(나카무라 시도 분)와의 미래를 꿈꾸었다고 말하는 장면이 나오는 것이다.

누구든 자신의 삶에 확신을 갖기란 어렵다. 그래서 우리들은 늘 자신이 내려야 할 결정 앞에서 망설이며 살고 있다. 누구나 다 잭이나 미오 같은 행운을 누릴 수는 없으니까.

아쉽다. 나도 인생의 예고편을 볼 수 있다면, 조금은 더 망설이지 않는 삶을 살 수 있을 텐데 말이다.

° 사랑의 유효기간

다큐멘터리 〈아마존의 눈물〉을 기억할 것이다. 3부작으로 제작된 〈아마존의 눈물〉은 첫 회부터 시청자들을 매료시켰다. 문명과 떨어져 사는 사람들, 문명에 의해 파괴되어가는 아마존의 모습을 보며, 우리는 그들의 순수한 행복을 파괴하는 문명의 잔인함을 바라보아야 했다. 결국 〈아마존의 눈물〉은 제작한 측에서 깜짝 놀랄 시청률을 기록하면서 다큐멘터리의 역사를 다시 썼다고 했다. 제작에 참여했던 감독들의 버라이어티 방송분도 인기를 끌었고, 여러 프로에서 인상적인 패러디 장면들도 탄생하였다.

그런데 나는 엉뚱하게도 아마존 부족들의 결혼 풍습을 보면서 제목도 기억나지 않는 영화의 한 장면이 생각났다. 아

나른한 오후의
마들렌

마도 와우루 족의 이야기 때문이었을 거다.

　와우루 족은 여자들이 초경을 하면 격리를 하는데, 보통 그 기간은 1년 정도란다. 그 격리가 끝나면 성인 취급을 받으며, 따라서 자유롭게 결혼도 가능하다. 재미있는 것은, 결혼은 서로 사랑하는 사람들끼리 할 수 있는 자유가 있지만, 남자와 여자가 서로 네 번을 자면 그땐 의무적으로 결혼해야 한다고 했다. 내가 그 장면을 떠올린 것은 아마도 이 '4'란 숫자 때문이었을 거다.

　영화에서(주인공의 친구쯤 되었던 것 같다) 바람둥이 남자는 여자와 잔 다음날 아침이면 꼭 그녀와 함께 커피전문점에서 커피를 마신다. 분위기 좋게 모닝커피를 마시며 스탬프도 받아 챙긴다. 그렇게 다섯 번 그녀와 자고 나면 그는 미련 없이 그녀와 헤어지고, 10개의 스탬프로 받아낸 한 잔의 공짜 커피를 혼자 마신다. 다섯 번이면 미련 없이 헤어질 수 있는 걸까?

　그런 생각들을 하고 있자니 또 한 편의 영화가 생각났다. 2001년에 상영된 영화지만 내가 본 건 훨씬 뒤였다. 〈Someone Like You〉를 보면, 주인공인 제인(애슐리 쥬드 분)은 자신이 자꾸 연애에 실패하는 이유를 분석하기 위해, 수컷(인간을 포함한)들의 행태를 연구한다. 자신이 남자에게 매번 차

이는 것은 '새것'을 좋아하는 수컷들의 일반적 성향 탓이라고 믿으며, 그 예로 수소들의 행동 양태를 제시한다.

영화는 중간 중간 소제목을 달아 그녀의 이론과 상황들을 매치시키며 재치 있게 전개해 나간다. 물론 마지막엔 러브 코미디답게 주인공들은 행복한 결말을 맺는다. 더구나 10년이나 지난 영화이고 보니, 애슐리 쥬드도 바람둥이로 나오는 휴 잭맨도 '너무나' 멋지기 때문에 보는 재미가 쏠쏠하다.

본론으로 돌아가자면, 주인공 제인이 주장하는 수컷의 '새것 밝힘증' 이론이 그저 영화 얘기만은 아니었다는 거다. 새로운 암컷을 보고 수컷이 자극받는 현상은 대부분의 포유류에게서 광범위하게 나타나는데, 생물학적으로는 이 현상을 '쿨리지 효과'라고 한다.

수소와 암소는 같은 우리에서 오래 생활하면 시간이 지날수록 교미하는 주기가 길어진다고 한다. 그러나 이 수소에게 다른 암소를 넣어주면 다시 자주 교미를 한단다. 이 결정판이 숫양이다. 숫양은 같은 암양에게는 5회 이상 사정하지 않는다고 알려져 있다. 그러나 매번 암양을 바꿔주면 열두 번째의 암양에게도 거의 같은 횟수의 사정을 한단다. 여기도 다섯 번이다!

물론 자신의 유전자를 다양한 유전자와 결합시켜 더욱

강한 후손을 남기고자 하는 종족번식의 본능에 충실한 수소나 숫양을 탓하려는 것이 아니다. 사회적인 안녕을 위하여 기본적으로는 일부일처제의 가정(물론 일부다처제나 일처다부제인 경우도 있지만)을 규정해 놓은 인간이라는 종이 쿨리지 효과를 핑계 삼아 자신의 허약한 의지를 정당화하려는 데 문제가 있는 것이다.

사실 사랑이 뇌의 화학 작용에 의한 감정이라는 건 이미 널리 알려진 바다. 사랑에 빠지게 되면 페닐에틸아민, 노르에피네프린, 엔도르핀 같은 화학물질이 왕성하게 분비되는데, 이 호르몬들은 모두 마약과 같은 효과를 낸다고 알려져 있다. 엔도르핀은 자연 진통제로서 통증을 없애고 즐거움과 기쁨을 안겨준다. 노르에피네프린은 아드레날린의 생산을 자극해 상대방의 목소리만 들어도 심장을 쿵쾅거리게 만들고, 천연 각성제인 페닐에틸아민은 뇌를 자극해 이성으로 제어하기 힘든 열정을 분출하여 행복감에 도취하게 만든다. 따라서 사랑에 빠진 이들은 얼굴이 붉어지고, 가슴이 뛰고, 연인 생각에 잠 못 이루며, 하루 종일 안절부절못하는 것이다.

그러나 어떤 감정도 영원할 수는 없는 법. 시간이 흐를수록 이들 화학물질의 분비는 점차 줄어든다. 마치 항생제를 써 인체의 저항력을 키우는 것처럼 대뇌에 항체가 생겨 상대방을 봐도 더 이상 사랑의 화학물질이 생성되지 않는 거다. 상대를 보아도 더 이상 가슴이 쿵쾅대지 않고, 즐거움과 열정의 기운이 솟지 않을 때 우리는 '사랑이 식었다'고 말한다.

그렇다면 이런 사랑의 질병은 대체 얼마나 지속되는 것일까?

미국 코넬 대학 연구팀은 다양한 문화 집단에 속한 남녀 5천 명을 대상으로 조사를 실시하였다. 그 결과, 격정적인 사랑의 유효 기간은 18~30개월인 것으로 밝혀졌다. 연구팀은 조사 결과로 '사랑의 열정 곡선'이라는 것을 만들었는데, 시간과 열정의 상관관계를 나타내는 그 곡선은 사랑에 빠진 1년 뒤 열정의 50%가 감소했다. 그리고 그 하강이 멈추지 않으면 결국 이별로 이어졌다.

그렇다면 유효 기간 동안만 사랑하고 헤어지는 건 어떨까? 세상 모든 사람들이 '사랑의 화학물질이 더 이상 분비되지 않으니 그만 헤어지는 게 당연하다'고 여기면 '사랑의 상처'란 말 따윈 생겨나지도 않았을 텐데 말이다. 문제는, 늘 그렇듯 '대부분은 그렇지만 그렇지 않은' 사람들도 있다는 데 있다. 아무리 시간이 흘러도 "우리의 사랑은 변함없다!"고 외치는 이들이 있다는 것이다.

미국 스토니브룩 대학 연구팀은 배우자를 변함없이 사

랑한다고 주장하는 남녀 17명을 대상으로 MRI(자기공명영상)를 이용하여 뇌 스캔을 했다. 그 결과가 재미있다. 평균 결혼 기간이 21년인 실험대상자들은 처음 열정적인 사랑에 빠진 사람들과 똑같이 성적인 흥분과 사랑을 그대로 간직하고 있는 것으로 나타났다.

연구팀은 이런 현상을 또 다른 화학물질인 옥시토신의 영향으로 파악하고 있다. 옥시토신은 출산과 수유에 관계하는 호르몬으로써, 모성애를 유발하는 것으로 알려져 있다. 그런데 이 화학물질이 남녀 간의 관계에서도 똑같은 효과를 보인다고 한다. 불같은 사랑의 단계가 지난 후 끈끈한 정으로 맺어지는 애착 단계가 되면, 옥시토신 같은 호르몬이 분비된다는 것이다. 옥시토신은 피부를 자주 접촉하거나 포옹할 때, 혹은 낭만적인 대화를 나누어도 분비된다고 한다.

마약처럼 사람을 흥분시키고 감각을 마비시키는 사랑의 첫 화학물질들은 일시적으로 분비되고 말지만, 부작용과 중독성이 없는 옥시토신은 영원히 마르지 않는 샘물과도 같다는 것이다. 물론 아무리 샘물이 넘쳐흘러도 떠 마시는 건 본인의 몫이지만 말이다. 그 정도의 하찮은 노력 하나 없이 사랑의 유효기간 따윌 운운하며 이별을 말하는 건 인간의 허약한 핑계에 불과한지도 모르겠다.

° 미인이십니다

"혹시 저 모르세요? 우리 언제 만난 적 없어요?"

젊었을 때는 그게 단순한 작업 멘트인 줄 알았다. 책에는 분명 그렇게 쓰여 있더만 쩝. 근데 내게 그렇게 물었던 사람들은 진짜 나를 어디서 봤다고 생각했던 게 분명하다. 나는 여전히 만나는 사람들에게 누군가를 닮은 사람이었다. 이제는 하도 그런 소리를 들어서 내가 먼저 "제가 좀 흔한 인상인가 봐요."라고 선수를 친다. 그래도 "원래 미인은 닮은꼴!"이라며 립 서비스를 해주는 사람들도 있으니 싫은 내색을 할 수도 없다.

혹여 필자의 미모(?)를 상상하실 분들을 위해 분명히 밝혀두지만, 나는 절대 미인이 아니다. 최소한 그 정도의 주제

파악쯤은 할 줄 아는 사람이다.

　나는 일본에 살면서 한 번도 외국인이냐는 소리를 들어
본 적이 없다. 한국인에게는 너무나 한국적인 내 얼굴이 일본
인에게는 너무나 일본인 같다는 거다. 그리고 보니, 아직 홍
콩이 중국으로 환원되기 전에 홍콩 친구들과 같이 공부를 한
적이 있었는데, 그녀들은 내게 홍콩인 같다는 말을 했었다.
중국인도 아니고 말이다.

　내가 정말 놀란 건 인도에서였다. 자이푸르의 거리를 걷
다가 한 무리의 인도 초딩들에게 둘러싸인 적이 있다. 우리

나른한 오후의
마들렌

일행은 네 명이었는데, 교복을 입은 그녀들은 유독 나를 둘러싸고 재잘거리며 다짜고짜 이름을 물었다. 내가 좀 원래 아이들과 강아지들에게 인기가 있다고 자랑하고 싶지만, 그건 좋아하는 게 아니라 만만히 보인다는 거라고 울 올케가 충고해 준 바다.

어쨌든 최절정은 마사지 숍에서 나를 인도인 가이드라고 착각한 사건이다. 일본인 세 명과 같이 다니니 일본인 취급을 당하는 건 당연했지만, 그들을 데리고 온 현지인이라고 생각한 거다. 처음엔 좀 뜨악했으나, 인도는 원체 다수 인종의 국가인 데다 중국계도 많기 때문에 그렇게 보일 수도 있을 거라는 지인(일본 유학을 한 인도인으로 나와 동문이었다)의 설명을 듣고 나서야 납득할 수 있었다.

그런 설명을 듣고 나서 보니, 방콕에서도 나와 닮은꼴의 사람들이 꽤 많이 보였다. 라오스 여행 책자에 실린 사진에서도 나는 나와 닮은꼴을 쉽게 발견했다. 그렇다면 나는 그쪽에 가서도 "우리 만난 적 있지요?"라는 소리를 들을 수 있을지도 모르겠다. 가끔은 처음 간 상점에서 "지난번에도 왔었잖아요." 하면서 내가 거짓말이라도 하는 듯 바라볼 때면 짜증이 나기도 했었는데, 어디서에서든 본토인으로 보일 수 있다는 생각이 들자 오히려 나는 신이 났다. 아마 그때부터였을 거다. 나는 진심으로 내가 '흔한 인상'인 게 좋아졌다.

헐리웃의 블랙버스터 촬영이 강남에서 이루어진다고 하자, 성형외과 간판이 너무 많이 눈에 띄지 않겠느냐는 농담 아닌 농담이 나돌았다. 한글 간판만이 아니라 중국어, 일본어 간판이 널려 있으니 하는 말이다. 외국에서까지 찾아오는 우리의 의료기술을 자랑스러워해야 하는데, 그게 영 기꺼운 마음만은 아닌 건 왜일까?

일본에서도 한동안 한국의 '뿌띠 성형' 문화가 화제에 오른 적이 있었다. 일본인들에게는 한국인들의 성형에 대한 보편적인 이야기가 놀라웠는지 "졸업선물로 쌍꺼풀을 해준다면서요?"라고 물으며 내 쌍꺼풀도 졸업선물로 받은 거냐며 흥미진진해 했다. 물론 내 쌍꺼풀은 '아빠표'지만, 나는 가끔 기대에 부응하기 위해 "돈 좀 썼지."라고 말할 때도 있다.

일본인들은 대체로 한국 여자들이 '미인'이라고 말하지만, 간혹 '모두 똑같다'고 말하는 사람도 있다. 한국 여자들의 화장이나 헤어스타일, 의상 등이 유행에 편승하여 획일적이어서 개성 없이 모두 똑같아 보인다는 것이다. 일리 있는 말이다. 인구가 1억이 넘으면 마니아층이라는 것이 형성되어 무엇을 해도 소비층이 있다고 한다. 그러나 4천만 인구의 우

리에게 다양한 소비를 기대하기는 좀 어렵다. 우리에게는 우리의 방식이 있을 뿐이다.

언젠가 백일섭 씨가 극중의 아들로 나오는 이종혁 씨를 '잘생겼다'고 표현하면서 "요즘은 형제들보다 같은 병원 출신이 더 닮은꼴"이라는 말을 한 적이 있다. 실제로 어느 병원 출신인지, 언제 성형을 했는지에 따라 얼굴 모양새가 달라진다고 한다. 게다가 처음부터 성형 사실을 스스럼없이 털어놓는 연예인들에 의해 성형이 훨씬 더 가까운 현실이 된 것도 사실이다. 그러나 성형이 유행 같을 수는 없는 노릇이다.

아름다워지고 싶은 욕망이 하나의 자기표현 수단이기는 하지만, 모두가 미인이 되면 미인이라는 단어의 의미마저도 바뀌어야 할 것이다. 그리고 누구나 하는 가장 흔한 말처럼, 아름다움은 결코 외적인 면만으로 완성되는 것이 아니니까 말이다. 물론 내가 미인이 아니어서 하는 말은 절대 아니다!

° 기억의 문

나는 잠이 보약이라는 말을 철저히 믿는 사람이다. 대부분의 사람들처럼 나도 병원 가는 걸 무척이나 꺼려하는 편인데, 그런 내 맘과 달리 이놈의 몸뚱이는 병원과 멀리 지내도 될 만큼 썩 괜찮지가 않다. 그래서 나는 몸에 이상이 오는 것 같으면 무조건 잠부터 잔다. 자는 동안, 즉 내 몸뚱이에게 잠시 휴가를 주면 분명 재충전되어 돌아올 것이라고 믿기 때문이다.

또 나는 여간해서 화를 내지 않지만, 진짜 화가 나는 일이 있으면 일단 무조건 잠을 잔다. 화가 나 있는 상태로 어떻게 잠을 자느냐고 놀라는 분들도 계시겠지만, 나는 잠만큼 나의 화를 삭이는 데 '직빵'인 방법을 아직 발견하지 못했다. 어쩌면 잠을 자는 동안 무의식중에서 누군가에게 실컷 화를 내고 있는지도 모르겠다. 어쨌든 자고 나면 꽤 많이, 나는 그 '화'로부터 자유로워져 있으니 말이다.

세르반테스도 "잠은 피로한 마음의 가장 좋은 약"이라고 하지 않았던가! 그래서 나는 졸리면 웬만해선 참지 않고 자는 편이다. 고기가 당긴다거나 단것이 당기는 것처럼 내 몸이 잠을 원하고 있다고 믿기 때문이다.

물론 나의 이런 습관이 사람들에게 핀잔을 듣는 것도 사

실이다. 죽으면 실컷 잘 잠을 뭐 하러 그렇게 챙기느냐고, 잠 자는 시간이 아깝지 않느냐고 말이다. 물론 서너 시간, 또는 너덧 시간만 자도 개운하다고 말하는 사람이 나라고 어찌 안 부럽겠는가. 잠이 드는 데도 잠에서 깨는 데도 시간이 걸리는 나는 베개에 닿기 무섭게 잠 속으로 떨어지는 사람을 보면 부러움에 감탄사가 절로 나온다. 게다가 나는 아무데(?)서나 잠이 들지도 못한다.

잠도 많은 나를 변명하자면, 뇌는 활동을 시작한 후 여덟

시간이 지나면 휴식을 취하고 싶어 한단다. 휴식하는 동안 깨어 있는 시간에 접수한 정보를 정리하고자 함이다. 이때 잊어 버릴 것은 잊고 기억할 만한 것들은 장기기억으로 넘긴다. 따라서 지난밤에 충분히 잤어도 깨어난 지 여덟 시간이 지나면 졸리는 게 하나도 이상한 게 아니라는 말이다. 그래서 낮잠은 게으름의 산물이 아니라 뇌의 활동을 위해 꼭 필요한 '짬의 휴식'일 수 있는 것이다.

새라 매드닉 박사는 주의력을 높이고 다시 시작하는 기분으로 일하기 위해서는 20분의 낮잠을 권한다. 기억력을 강화하기 위해서는 60분, 충분한 잠과 동일한 효과를 얻기 위해서는 90분의 낮잠이 필요하다고 조언한다. 물론 사람에 따라 수면 단계별 시간은 다르기 때문에 당연히 그 시간에 대한 개인차는 존재하지만 말이다.

피타고라스는 "잠과 꿈, 황홀경은 저승으로 통하는 문"이라고 하며 영혼의 과학과 점술에 대해서 언급했다. 이미 꿈이 과거 기억의 재현이라는 것은 과학적으로 밝혀진 바이다. 과거의 개인적 기억들이 이미지 위주로 축적이 되는데, 꿈은 오늘의 일상들을 과거 기억과 조합하여 새롭게 재구성하거나 제거하는 작업인 것이다.

사람이 깨어 있을 때는 뇌에서 세로토닌을 분비하여 이성적인 판단과 사고 등을 인지시키는 역할을 하지만, 잠잘 때는 세로토닌 대신 알르세토닌이 증가한다. 인간의 감성과 연상 작용, 공상들을 일으키는 이 알르세토닌이란 화학물질로 인하여 우리는 불합리하고 비현실적인 꿈의 상황조차 현실처럼 인식하게 되는 것이다. 이때 인위적으로 도파민을 증가시키는 화학물질, 예를 들어 헤로인 등의 마약 등을 투입하면 꿈이 더 복잡하고 다채로워지면서 환상과 환각을 동반하게 되어, 결국 깨어 있을 때조차도 꿈과 현실을 착각하게 되는 것이다.

데자뷰(Deja Vu)라는 단어가 있다. 불어로 '이미 본'이란 뜻의 데자뷰는, 처음 본 또는 처음 경험하는 일임에도 불구하고 마치 이미 경험한 일인 것 같은 착각을 일컫는 말이다. 데자뷰에 대한 아직 과학적인 정설은 확립되어 있지 않지만, 각 업계(?)에서 내린 정의는 다채롭다.

일단 신경학자들은 뇌에 익숙한 후각적, 청각적, 시각적 자극을 받았을 때 일어나는 현상이라고 정의한다. 그 익숙함이 과거와 현재를 분별하는 판단력에 혼란을 일으키는 것이라고 말이다. 심리학자들은 데자뷰를 '소망 실현'의 수단이라고 정의하며, 전생을 믿는 자들은 '전생의 기억'이라고 한다.

양자물리학자들은 '평행우주'가 우연히 교차하면서 생기는 현상이라고 데자뷰를 정의한다.

　내 식으로 표현하자면 데자뷰는 꿈의 한 조각이 아닐까 싶다. 신경학자들의 말처럼 뇌에 익숙한 감각이 묻어두었던 기억을 꺼내오는 것이라면, 그것이 꿈의 정의와 무엇이 다른지 난 모르겠다. 심리학자들이 말하는 것처럼 내가 늘 바라던 것이라 익숙하게 느껴질 수도 있는 것이겠지만, 여러분도 한 번쯤은 느껴봤을 이 데자뷰라고 느끼는 현상이 꼭 바람직한 순간만은 아니지 않은가! 오히려 전생의 기억에 난 한 표를 던지고 싶다.

　잠을 신봉하는 나로서는 꿈에 대한 환상 또한 커서 과학적으로 증명되지 않은 미스터리한 현상들이 그저 다행스럽고 반갑다. 오늘도 나는 나의 어지러운 꿈속에서 실컷 모험을 하고 싶다.

° 남의 떡은 왜 커 보일까?

결혼한 친구는 말한다. "너는 결혼하지 마. 남자랑 사는 거 진짜 별로야. 넌 너의 인생을 마음껏 즐기렴." 싱글인 친구는 생각한다. '지는 하고 나는 왜 못하게 하는 건데? 어차피 해도 후회, 안 해도 후회라면 해보고 후회하는 게 낫지 않나?' 그렇게 결혼을 하면 그녀 또한 다른 싱글 친구에게 진심으로 충고한다. "넌 그냥 혼자 살아라!"

마르셀 프루스트의 시 「가지 않은 길」이 모든 사람들의 마음을 사로잡는 이유는 여기에 있지 않나 싶다. 누구나 선택의 기로에 서고 어느 한쪽을 선택하지만, 늘 마음 한구석엔 내가 선택하지 않은 또 다른 길에 대한 동경이 자리 잡고 있다. 게다가 가보지 않은 그 길은 늘 훨씬 아름답다. 그래서 나와 같은 길을 가지 않는 다른 이의 인생은 그리도 좋아 보이는 거다. 그리고 그 대표적인 것이 결혼이다.

결혼이 인생에 중요한 전환점이 되는 이유는 지금까지와는 다른 이름, 즉 딸이나 아들에서 아내나 남편, 며느리나 사위, 그리고 무엇보다 엄마나 아빠가 되어야 하기 때문이다. 게다가 결혼이라는 문을 열고 들어서면 그때부터는 나 혼자 잘해서 되는 일은 없다. 배우자와의 이인삼각 경기가 시작되기 때문이다.

호흡이 잘 맞아 앞으로 쑥쑥 나갈 때는 그야말로 바람을 가르느라 주위를 살필 겨를도 없다. 하지만 한 박자라도 어긋나 기우뚱하게 되면 무엇이 잘못되었는지를 찾기보다는 다른 팀은 저렇게 잘하는데 싶어 부럽고, 차라리 혼자 뛰는 경기가 나을 뻔했다고 후회하는 마음이 앞선다. 그렇게 사람은 늘 내 안의 것보다 밖의 것에 먼저 눈을 돌린다.

기혼녀와 미혼녀를 대비시킨 친구 이야기는 영화나 소설의 단골 소재이기도 한데, 그 공식이라는 게 언제나 '결혼=안정=권태'와 '미혼=자유=불안정'이다. 전혀 다른 이야기를 하고 싶어 하는 두 영화 〈어깨 너머의 연인〉과 〈참을 수 없

는)도 그 배경 공식에서는 벗어나지 못한다.

〈어깨 너머의 연인〉에서 정완(이미연 분)은 일이 좋고 연애마저도 자유로운 싱글 생활이 좋다. 그런데 덜컥 유부남에게 사랑의 감정을 느끼게 되면서 확고했던 자신의 생활이 엉클어지기 시작한다. 소꿉친구인 희수(이태란 분)는 일 따위는 안 해도 자신의 생활을 충분히 즐길 수 있는 안심보험 같은 남자와 결혼한 미시족이다. 결혼 전 이미 화려한 연애 경력을 가지고 있는 그녀는, 정완의 애인이 유부남인 게 무슨 상관이냐며 쿨하게 친구의 연애를 종용하지만, 남편의 바람 사실을 알고부터는 모든 것이 엇갈리기 시작한다.

〈참을 수 없는〉에서 지흔(추자현 분)은 싱글이라는 이유로 직장에서 가장 먼저 해고당하고, 엎친 데 덮친 격으로 7년 된 남자친구에게도 이별을 통보받는다. 결국 홧김에 저지른 사고로 빈털터리가 된 그녀는 모두가 부러워하는 결혼을 한 친구 집에 얹혀사는 신세로 전락하고 만다. 의사 남편을 둔 경린(한수연 분)은 안정된 삶을 살고 있지만 반복되는 일상에 숨이 막힌다. 비록 가진 것은 없지만 작가가 되겠다는 꿈이 있고 자유로운 지흔의 삶이 부럽기만 하다. 그런 그녀에게 어느 날 다가온 사랑, 금지되었기에 매혹적인 그 사랑에 결국 점차 빠져들고 만다.

내 관점에서 보자면, 〈어깨 너머의 연인〉은 여성들의 일과 사랑에 관한 이야기였고, 〈참을 수 없는〉은 남녀의 소통과 사랑에 관한 이야기였다. 결코 흔들릴 것 같지 않던 자신의 신념도 경험해보지 못한 감정과 환경 앞에서는 열어둔 창문 앞의 촛불처럼 위태롭기 마련이다.

우리는 누구나 원하는 것이 있고, 원하는 것을 얻기 위해 절망 속에서도 끊임없이 노력한다. 그러다 문득 전혀 생각지 않았던 것들, 한 번도 원해본 적이 없었던 것을 뒤돌아보기도 한다. 그리고 그것이 자신에게 훨씬 더 필요한 것이었음을, 진정한 행복이었음을 깨닫기도 한다.

사람들은 행운의 상징인 네잎클로버를 찾고자 하지만, 네잎클로버는 세잎클로버의 변종에 지나지 않는다. 네잎클로버보다 우리의 가까이에 있는 세잎클로버의 꽃말이 '행복'이라는 것을 아는 사람이 몇이나 될까? 결국 행복보다는 행운에 더 목을 매는 것이 우리의 현주소인 것일까? 인간이기에 미래를 꿈꾸는 것이지만, 그렇다고 내일의 '행운'을 위해 오늘의 '행복'을 포기하지는 말아야 할 것이다.

° 이 죽일 놈의 사랑

        2PM의 노래 중에 〈밥만 잘 먹더라〉라는 게 있다. 처음엔 무슨 노래 제목이 그런가 싶었는데, 자세히 들어보니 가사가 아주 걸작이다. 실연을 당했으니 죽을 거 같아야 하고, 암 것도 못 먹고 폐인이 되어야 하는데, 밥만 잘 먹더라는 자조적인 얘기다. 제목에서 풍기는 느낌과 달리, 사랑했던 그 순간들에 정말 감사하자는 다짐 어린 가사도 사랑스러웠다.

    흔히들 "모든 것은 시간이 해결해준다."고 말한다. 정말 시간은 모든 것을 앗아가는 게 맞는 거 같다. 죽을 것만 같던 그 감정은 어느새 커피 한잔과 함께 떠오르는 추억이 되지 않는가 말이다. 시간은 그렇게 우리의 사랑을 추억으로 만드는 재주를 가졌다. 다만 문제는, 그 시간이라는 놈의 영향력을 사랑에 빠진 그 순간에는 결코 상상하지 못한다는 데 있다. 지금 바로 이 사랑만이 '내 생애 단 한 번의 사랑'이 확실하다고 믿어 의심치 않으니 말이다.

집중하지 못하며, 맹목적으로 같이 있으려 미친 듯 갈구한다.

중세 성직자들의 노트에 마치 정신병인 양 묘사해 놓은 이 증상이 바로 '사랑신드롬'이다. 그래서였을까? 스탕달은 사랑을 '지상에서 맛볼 수 있는 최대의 기쁨을 부여해주는 광기'라고 말했고, 정신분석학자 로렌스 굴드도 '연모하고 있는 것은 근본적으로 노이로제에 걸려 있는 상태'라고 표현했다. 하긴 이미 기원전부터 철학자들은 사랑의 증상을 숙지해 왔는지도 모르겠다. 플라톤은 사랑을 심각한 정신질환이라고 정의 내렸으니 말이다.

사실 누군가를 사랑한다는 것은 힘겨운 고독과 같다. 주체 없는 슬픔에 빠지고, 상대 없는 싸움에 늘 패배하며, 스스로에 의해 외로워진다. 타인의 눈도 중요하지 않으며, 자의식은 없어지고, 그저 단 한 사람의 행동만이 삶의 기준이 된다. 60억 지구인 가운데 오직 단 한 사람만이 존재할 뿐인 세상에서 웃고 울며, 노래하고 좌절한다. 아마도 현대 의학 용어라면 이런 증상들을 편집증과 우울증 정도로 표현할 수 있지 않을까.

그래서 사랑이라는 하나의 주제로 그처럼 다양한 장르의 작품들이 탄생할 수 있었을 것이다. 사랑은 로맨스나 드라마뿐 아니라, 미스터리나 호러 장르에서도 단연 선호하는 주제지 않은가. 특히 최근에는 미스터리의 고리로 많이 이용하고 있는 것 같다. 아마도 사랑의 대담하고 무모한 감정이 이성적 계산을 뛰어넘는 비밀을 안고 있기 때문일 것이다. 사실 인간의 삶에서 사랑이라는 테마를 뺀다면 무엇이 남겠는가.

그중에서도 안데르센이 말하는 사랑은 참 극단적이다. '동화가 이래도 되는 거야!' 싶은 극단적 상황을 잘도 만들어서 억지를 부린다. 내가 소유한 모든 것을, 아니 내 몸과 정신, 내 자체를 내주지 않으면 사랑이 아니란다. 나를 희생하는 것만이 진실한 사랑을 실천하는 것이라 말한다. 물거품이 되어버린 인어공주가 그 대표적 인물일 것이다.

사모하는 왕자를 만나고 싶은 인어공주가 첫 번째 내어준 것은 아름다운 목소리였다. 사람이 되기 위해 다리를 택한 인어공주는 한 발 한 발 걸을 때마다 찌르는 듯한 아픔을 견뎌야 했다. 그것은 '사랑에는 아픔이 동반한다'는 안데르센

의 깊은 뜻이었을까. 그것도 모자라 결국 자신의 생명을 내어
주어야만 사랑이라고 한다. 자신보다 사랑하는 사람이 더 우
선인 감정이 사랑이라는 거다. 나를 위한 사랑이 아니라 그를
위한 사랑을 하라는 거다.

　진짜 해도 해도 너무 한다. 조금쯤은 행복해도 되지 않는
가. 검을 구해오느라 아름다운 머리칼을 잘라낸 그녀의 여섯
언니들을 생각해서라도 물거품까지 만들 게 뭐 있을까. 사실
사랑한다고 꼭 결혼해야 하나? 사랑하는 사람과 맺어질 수

없다고 그를 죽여야 할 것까진 또 뭐 있을까. 그냥 좀 바라만 보고 살면 안 되는 걸까? 시간이 좀 흐르면 그가 진실을 알 수도 있고, 그럼 다시 기회는 만들어지는 거 아닌가! 그렇게 꼭 인간이 되는 전제를 '사랑하는 이와 결혼해야만 한다'고 못 박을 게 뭐냔 말이다.

하긴 물거품이 안 되었다 해도 인어공주는 바다에 몸을 던졌을 거다. 그게 바로 사랑을 잃은 이의 감정 상태이니까. 시간이 흐른 뒤의 어느 날 따윈 아무 소용없다. 사랑을 잃어 분별력이 없어진 당시에는 아무런 도움도 되지 않을 테니까. 혹여 인어공주가 계속 인간으로 살 수 있었다 해도, 조금만 기다려 보라며 여섯 언니들이 아무리 만류했어도, 인어공주 는 목숨에 연연하지 않았을 거다. 사랑이 있기에 모든 고통을 끌어안으면서도 인간으로의 길을 선택했지만, 그 사랑을 잃 는다면 그녀는 그 어떤 형태로도 존재할 수 없을 것이기 때문 이다.

무모하고 어리석은 것이 꼭 도박과 같다. 아무리 해도 원 했던 만큼의 만족감 따위는 얻지 못한다. 잃으면 잃었기 때문 에 일어서지 못하고, 설령 딴다고 해도 더 큰 욕심이 자리를 박차고 나서지 못하게 막는다. 포기라는 것도 없고, 만족이라 는 것도 없다. 그저 더욱더 심해지는 갈증을 느낄 뿐이다. 마치 마시고 마셔도 목마른 청량음료처럼 사랑과 도박은 닮은 꼴인 게다.

그러나 정작 우스운 건, 그럼에도 불구하고 사랑이란 이 어리석은 놀음을 우리가 그만둘 수 없다는 데 있다. 마치 불을 보고 달려드는 불나방처럼, 우리는 사랑이라는 불빛 앞에서는 그저 그 불빛만을 향해 날갯짓하는 한 마리의 불나방에 지나지 않는 것이다.

° 용서받지 못할 자

        요즘 유일하게 읽는 종이신문인 메트로를 들추다 MC몽의 복귀에 대한 예측 기사를 보았다. 아직 MC몽 측에서는 아무 발표도 하지 않았는데 '아직 빠르네', '이 정도면 적절하네' 하며 양측 여론이 분분하다고 했다.

    사실 나는 이런 기사들을 보면 '또 시작이냐?' 싶은 마음에 짜증이 앞선다. 일본에 살고 있을 때, 우리나라를 들썩이게 한 연예인의 섹스 스캔들을 접했다. 막말로 '볼 놈은 다 봤다!'는 그녀의 섹스 비디오로 인하여, 그녀는 물론 그녀의 가족까지 사람들은 주홍글씨와 같은 낙인을 찍어댔다.

    불륜도 아니고 변태적 행위를 한 것도 아닌, 젊은 남녀의 섹스 비디오가 한국사회에서 잘 나가던 연예인을 한순간에

매장시켜버릴 수도 있다는 사실에 일본인들은 놀라워했다. 일본에서는 가끔 옛날의 영화를 생각하여, 혹은 눈길을 끌고 싶어서 섹스 스캔들을 일으키는 일은 있지만, 그것이 원인이 되어 연예계를 떠나는 일은 없다고 말이다.

그때 나는 의아해 하는 일본인들에게 말했었다. 한국 연예계의 치명적인 결점은 남자는 병역 비리이고, 여자는 섹스 스캔들이라고. 예나 지금이나 일본인들은 그것이 왜 연예계의 치명적 스캔들이 되는지 이해하지 못한다. 어쩌면 군대가 의무도 아니고 우리보다 성적으로 자유로운 그들에게는 이해하기 힘든 부분인지도 모른다. 병역 비리와 섹스 스캔들이야말로 한국인이기에 갖는 결점이고, '지적질'인 것이다. 그만큼 우리는 군(軍)과 성(性)에 얽매여 있다.

최근에는 리얼 토크 프로그램에서 나름 인기를 누리던 어떤 의사가 한 인터뷰에서 "여성은 국방의 의무를 지지 않으니 3/4만 권리를 행사해야 한다."고 발언하여 논란을 일으켰다. 이런 말까지 나오는 거 보면, 요컨대 군에 대한 남자들의 생각은 하나다. 나만 군대 가서 죽어라 고생한 게 그냥 무지하게 억울한 거다. 오죽하면 MC몽의 '생니' 사건을 두고 외국에서는 〈생니 빼는 것보다 가기 싫은 한국 군대!〉라는 기사가 났을까!

왜 그리 하나같이 무지막지한 하사관에, 사이코 선임에, 어리바리한 후임들이 있는 것인지……. 알고 보면 당신 자신이 바로 당신이 그토록 침 튀어가며 장황하게 묘사한 '꼴통'인 건 아닌지? 어떻게 그런 상식 없는 사회에서 당신 혼자 멀쩡(?)한 민간인 같을 수 있겠는가? 그럴 수 없지 말입니다!

암튼 제대하고 일주일은 다시 군대 가는 꿈을 꾸며 괴로워한다는 걸 보면, 남자들에게 군대라는 게 엄청난 스트레스인 것만은 틀림없다. 그런데 그걸 감히(!) 혼자 빠져나간단 말이야!! 당연히 절대 용서할 수 없을 것이다.

그렇다면 섹스 스캔들은 어떤가? 섹스 스캔들의 요점은 남겨진 증거물, 즉 동영상이나 사진 따위가 있다는 것이다. 그런 것이 없다고 해도 일단 말이 나온 이상은 그냥 넘어가지 않는다. "아니 뗀 굴뚝에서 연기 나냐?"라면서 토끼몰이를 해댄다. 그러다 결국 아무것도 발견되지 않으면 "그래? 아니면 말고. 근데 진짜 없는 거야?" 하며 여전히 의심의 눈길을 보낸다. 결국 어떤 식으로든 섹스 스캔들이란 단어에 이름이 오르내리게 되면 그녀의 모든 활동에 치명타를 입는다.

이런 사실을 뻔히 알고 있는 그녀가 사진이든 동영상이든-그것이 뭐든 간에- 먼저 찍자고는 안 했을 거다. 설사 동의했다고 해도 그것은 그에 대한 믿음을 보여주는 행위였을 뿐이다. 사랑했으므로 그가 원하는 것을 해주고 싶었을 뿐이다. 그런데 손가락질을 받아야 하나? 이별에 대한 복수로 서로 사랑했던 시절의 추억을 만천하에 공개하는 얼간이를 한때나마 사랑한 죄로? 공공연하게 창녀라 부르고, 언제든 자위의 대상이 되어준 그녀들에 대한 지탄은 참으로 어이없기 짝이 없다.

사람은 태어날 때 입 안에 도끼를 가지고 나온다.
어리석은 사람은 말을 함부로 함으로써 그 도끼로 자신을 찍고 만다.

최초의 불교 경전으로 알려진 『숫타니파타』에 있는 구절이다. 아니, 경전의 문구를 들먹이지 않더라도 우리의 선조들은 많이 보고, 많이 듣고, 조금만 말하라고 가르쳐 왔다. 그것이 눈과 귀가 둘인 데 비해 입이 하나만 있는 이유라고 말이다. 그런데 우리는 지금 어쩌고 있는가?

색색의 안경을 끼고 세상을 바라보며 똑바로 바라보아야 할 것은 두 눈을 꼭 감아버린다. 근거 없이 떠도는 말들은 주워 담으며, 깊이 새겨야 할 말들은 한쪽으로 들어가 머무는 시간도 없이 한쪽으로 나가버린다. 게다가 하나밖에 없는 입이 아쉬워 열 손가락을 입 대신 나불대고 있지 않은가!

진정으로 용서받지 못할 행위가 무엇인지 깊이 생각해야 할 때다.

쾌락의 책임

조카가 네 살 때쯤이었던 것 같다. 당시 나는 아직 일본에서 생활하고 있었기 때문에 조카와 자주 접하지는 못했었다. 기껏 해야 방학 때 들어와 몇 번인가를 만나는 게 전부였는데, 다행히 조카는 어쩌다 만나는 고모를 낯설게 하지 않고 잘 따랐다. 그날도 나는 침대에 엎드린 채 올케와 이야기를 나누고 있었고, 조카는 내 등에 걸터앉기도 하고 눕기도 하고 팔을 잡아끌기도 하고 머리칼을 엉클기도 하며 나를 장난감 삼아 혼자 놀고 있었다. 결국 아이의 번잡함에 민망했던지 올케가 조카를 조용히 나무랐다. "고모를 왜 그렇게 못살게 굴어!" 그때 주눅 든 조카의 한마디에 올케와 난 마주 보고 웃음이 터졌다. "그럼 누구를 못살게 굴어!"

아이는 그렇게 스스로 의도하지 않은 웃음을 모두에게 주는 존재라는 생각이 든다. 아이를 낳아본 적도 길러본 적도 없는 나지만, 부모들 대부분이 '내 아이는 천재'라고 생각하며 아이의 행동거지 하나하나에 얼마나 깊은 의미를 두고 있는지 정도는 잘 안다. 그래서 아이를 납치해서라도 엄마가 되려고 하는 병적 집착도 이해 못하는 바는 아니다. 물론 절대 해서는 안 되는 범죄를 옹호하려는 의미는 아니다.

그래서 '임신거부증'에 대한 이야기를 들었을 때는 아이에 대한 병적인 집착이나 '내 새끼만 소중한 엄마'보다도 더 이해가 되지 않았다. 원하지 않은 임신으로 고통을 느끼는 여성이 자신을 보호하기 위해 임신 사실 자체를 부정하고 임신하지 않았다고 여기는 현상을 임신거부증이라고 한단다.

상상임신을 한 여성이 입덧을 하고 배가 불러오는 것처럼, 임신거부증을 앓는 여성은 타인에게 임신처럼 보이는 어떤 증상도 동반하지 않는다고 한다. 엄마에게 방해를 주지 않는 방향으로 태아도 알아서 조용히 숨어서 큰단다. 그래도 어떻게 아이를 낳을 때까지 남편처럼 같이 사는 사람들이 모를까 싶다지만, 본인 자체가 인정하지 않는 임신은 아무도 알 수 없는 것이라 했다.

언젠가 기차 화장실에서 아이를 낳았다는 기사를 보고

"에이, 말도 안 돼. 어떻게 화장실 가고 싶은 거랑 아이 나올 거 같은 거랑 구별을 못 할 수 있어?" 했더니, 두 아이의 엄마인 친구는 진지한 얼굴로 답했었다. "근데 그게 정말 구별이 안 돼. 정말 화장실 가고 싶은 것처럼 배가 아파."

문제는 분명 자신은 임신이 아니니까 출산을 해놓고도 아기를 생명체로 보지 않는다는 데 있다. 그녀들은 자신의 아이를 질식사시키고 시체를 유기하면서도 아무런 죄악감을 느끼지 못한단다. 프랑스에서는 사법부마저도 그녀들에게 가혹한 처벌을 내리지 못했다. '임신거부증'이 엄연한 정신병으로 간주되었기 때문이다.

하지만 성적 노예로 살고 있는 것도 아니고, 피임에 대한 여러 방법이 널리 보급되어 있는 현대생활에서 "내가 낳았지만 내 아이가 아니다!"라고 울부짖는 그녀들을 나는 어떻게 이해해야 할지 모르겠다.

프랑스의 사상가 볼테르는 말했다. "모든 인간은 쾌락의 결과로 태어났다." 한때는 인간이라는 종만이 쾌락을 위해 성교를 한다고 했었다. 물론 모든 것이 그렇듯 연구가 지속될수록 그것에 반하는 결과들이 나왔으니, 이제는 인간을 포함한 몇몇 종이라고 표현한다고 치자. 그래도 어쨌든 발정기 없이 쾌락만을 위해 성교하는 것은 인간뿐이지 않은가 이 말이다.

그렇다면 그 쾌락의 책임 정도는 져야 하는 게 아닐까?

술도 그렇다. 우리는 어울려 술을 마시면서 알코올의 기운을 빌려 사랑을 고백하고, 알코올의 핑계를 대며 불만을 토로하고, 알코올로 인하여 느슨해지는 정신처럼 몸도 마음도 쾌락의 늪에 기꺼이 빠져든다. 그리고는 다음날 모두들 시치미를 떼고 일상으로 돌아가 있는 것이다.

술을 좋아하는 나도 가끔은 일명 '필름이 끊기는' 블랙아웃 현상을 경험하곤 한다. 알코올이 뇌에 들어가 기억력을 관장하는 해마 부분을 자극하거나 손상시킴으로써 서너 시간 정도 단기기억장애를 일으키는 것이다. 이것을 빌미로 법조인들 사이에는 '술 먹인다'라는 은어가 있다고 한다. 피고인의 음주 사실을 부각시킨 변호로 감형을 얻어낼 때 쓰는 말이다. 정신병만큼이나 술에 너그러운 우리 사회를 보여주는 단면이다.

사람들은 "죄가 밉지 사람이 밉나!" 또는 "술이 웬수지!" 같은 소리를 한다. 하지만 그 죄를 지은 게 그 사람이고, 술을 마시면 자신을 주체 못하는 걸 알면서도 술을 마시는 게 그 사람이다. 그 사람은 잘못이 없고, 그 사람의 행위인 죄나 술이 무조건 잘못인 건가?

나른한 오후의
마들렌

영화 〈해피엔드〉를 보면, 보라(전도연 분)가 일모(주진모 분)를 만나러 가기 위해 아이에게 약을 먹이는 장면이 나온다. 알약을 반으로 쪼개어 잘게 부수면서 그녀는 "미안해, 미안해."를 연신 중얼거리며 눈물을 흘린다. 물론 그녀가 자신의 행동에 죄악감을 느끼고 있다고 해서, 우리가 그녀의 삶을 이해한다고 해서 그녀의 행동이 용서가 되는 건 아니다. 다만 우리가 그녀를 지켜볼 수 있는 건, 그래도 최소한 그녀는 자신이 무슨 짓을 하는지 알고 있고, 그 죄책감으로 스스로 가슴에 멍울을 만들고 있었기 때문이다.

° 그때가 좋았지!

- 미화되는 과거

주저 없이 사람들은 자신의 어린 시절은 행복했었다고 말한다.
하지만 그들은 절대 그렇지 못했고
그 시절로부터 벗어나기 위해 필사적으로 노력했을 뿐이다.
다만 지금은 그 지옥에서의 한 시절을 잊을 수 있기에
사람들은 그때가 행복했었다고 말할 수 있는 것이다.
　　　-토드 솔론즈 감독 〈인형의 집으로 오세요〉 중에서

　엄마의 입버릇 중 하나에 "그때가 좋았지, 그때가 전성기
였어!"라는 말이 있다. 평생 일을 하신 분이니 당연히 '잘 나
가던' 시절이 있었을 것이다. 무엇이든 손을 뻗기만 하면 얻
을 수 있는 시간들도 있었을 것이고, 계획했던 방향으로 일이

술술 풀리던 시간들도 있었을 것이다. 가끔 엄마의 젊은 시절 이야기를 들으면, 어떻게 그런 일이 가능할 수 있었는지 대단하다는 생각이 절로 든다. 엄마의 대담성은 다양한 사회적 경험이 별로 없는 나로서는 엄두도 못 낼 일이었다.

하지만 요즘 엄마가 말하곤 하는 그때는 내가 아는 '그때'인지라 나는 엄마의 '전성기'라는 말을 인정할 수가 없다. "힘들었지만 나름 행복한 시간들도 있었지."라는 것이 엄마가 말하는 '전성기'는 아닐 터이다. 엄마가 말하는 '그때'는 내게 너무나 힘든 시간들이었기에 '나름 행복한 시간'은 그야말로 그 힘든 시간들을 겨우 참아내게 만드는 아주 작은 뿌리의 '당근'에 불과했다.

나는 엄마처럼 결코 '그때'를 "좋았었지!"라고 말하지는 못하겠다. 같은 시간을 겪었음에도 불구하고 엄마와 나는 왜 다른 기억을 가지고 있는 것일까? 엄마에게는 행복한 시간이 더 커져 있는데, 어찌하여 내게는 힘든 시간들만이 새겨져 있는 것일까?

나는 그 해답을 동생에게서 찾았다. 가끔 올케에게 "옛날에 그랬었다면서요?"라는 질문 아닌 질문을 받을 때가 있다. 대부분은 우리 남매의 불쌍(?)했던 어린 시절의 일화다. 그런데 나는 도무지 그런 기억이 나질 않는 거다. 오히려 나는 좋았던 순간들에 대한 기억이 더 많다. 같은 사건이라도 우리는 서로 다른 곳에 초점을 두어 기억하고 있었다. 아마도 '그때'를 기억하는 엄마와 나도 그런 것이 아닐까? 우리는 그렇게 조금은 미화된 기억으로 스스로를 보호하고 있는 것일지도 모르겠다.

처음 연인의 집에 갔을 때 한 일이 무엇인지 떠올려보라. 부모님과 과일을 깎으며 담소를 나누었을 수도 있고, 형제들과 게임을 했을 수도 있고, 둘이서 비디오를 보았을 수도 있다. 상황에 따라 여러 가지 일들이 있었겠지만, 꼭 한 가지, 누구나 공통적으로 다 하는 일이 있다. 바로 연인의 어린 시절 앨범을 보는 일이다.

연인의 어린 시절 모습을 바라보는 우리의 얼굴엔 사랑스러워 죽겠다는 표정이 절로 나온다. 비슷한 또래라면 그 시대에 유행했을 옷이라든가 장난감, 집 안의 물건들을 보며 과거의 기억을 공유하려고도 할 것이다. "어! OO이네. 나도 이거 있었는데!"

오래된 연인들 혹은 결혼한 부부들은 연인(배우자)의 현재 모습 속에서 사랑스러웠던 과거의 모습을 투사시킨다. 초등학교 동창회가 인기를 끌고, 한 번 헤어진 연인이 다시 만나 사귀기도 하는 이유가 바로 그것이다. 사람들은 지난 시간에게 너그럽다.

물론 우리는 연인을 바라보며 내 아이의 엄마(아빠)로서의 모습을 떠올리기도 할 것이고, 서로 할아버지와 할머니가 되어서의 모습을 떠올리기도 할 것이다. 그러나 우리가 떠올리는 미래의 모습이라는 게 어딘지 모르게 좀 과장되어 있다는 생각은 안 해보셨는가? 영화나 드라마에서 보았음직한 로맨스그레이나 단아한 분위기의 부인을 상상하고 있지는 않은가? 황혼이 지는 저녁, 다정하게 손을 잡고 산책하는 모습 같은 걸 상상하고 있지는 않은가?

다행스럽게도 우리는 아름다운 미래를 상상하는 재주를 가졌다. 결코 추한 모습을 상상하지는 못한다. 어쩌면 절대 그런 모습이고 싶지 않은 바람의 발로일수도 있을 게다.

사실 "그때가 좋았지!"라는 순간을 회상할 만한 과거가 없다면, 전투적인 우리의 현재가 너무 가여울지도 모르겠다. 대부분의 사람들은 미래의 행복을 위해 오늘을 희생하지만, 우습게도 우리가 깨닫는 행복의 순간은 언제나 과거형이니 말이다.

나른한 오후의
마들렌

진실은 무엇이었을까?

- 왜곡된 기억

　　직업병인지, 나는 글의 오자가 눈에 들어와 성가실 때가 많다. 백화점이나 기타 서비스업에 종사하시는 분들의 무한 존대법에도 무척 신경이 쓰인다. 그렇다고 내가 오자 없는 글을 쓰거나 말을 제대로 하고 있는가 하면, 꼭 그렇지도 않으면서 말이다.

　　오늘 예전에 읽은 책에서 헤겔의 비극에 대한 말을 옮기려다 난 그만 피식 웃고 말았다. 책을 읽을 때는 '옳음과 옳음의 충돌'이라고 분명 본 것 같은데, 오늘 보니 '옳음과 옮음의 충돌'이라고 쓰여 있지 뭔가! 우리의 뇌는 참으로 똑똑하여 잘못 쓰인 글(누가 봐도 오자나 탈자인 경우)이나 말은 다 새겨서 읽고 듣는다고 한다.

대부분의 사람들은 의식 없이 받아들이는 시각 정보에 의존하여 생활한다. 특히 우리는 소리를 인지할 때 시각의 도움을 많이 받는데, 사방에서 들려오는 여러 소리 중에서 눈으로 볼 수 있는 것을 우선적으로 듣는 것만 봐도 알 수 있다. 이처럼 듣고 싶은 소리를 선별적으로 듣는 인간의 성향을 '칵테일 효과'라고 한단다.

이탈리아의 브레산 박사는 실험에 의해 닮아 보이는 것도 착시라는 것을 밝혀냈다. 실제적 유전 관계와 상관없이, 보는 사람이 부모 자식이라고 믿는 경우가 더 닮아 보인다는 것이다. 몇 년 전 너무 대놓고 막장인 요소가 많았던 〈황금물고기〉라는 드라마가 있었는데, 그 드라마 속 불행의 시작이 바로 이 착시 때문이 아니었나 싶다.

한경산(김용건 분)은 첫사랑이 죽자, 혼자 남은 아들 태영(이태곤 분)을 집으로 데려와 키운다. 경산이 자신의 친자가 아니라고 밝혔음에도 불구하고, 아내인 윤희(윤여정 분)는 태영이 남편의 아들이라고 생각하고 다른 식구들 모르게 끊임없이 태영을 학대한다. 윤희에게 태영은 뭘 해도 경산과 닮은 꼴로 보였다. 생긴 것도, 웃는 모습도, 하는 짓 하나 하나까지도 꼭 남편처럼 보였다. 윤희는 진실이 아니라 거짓된 자기 최면으로 인하여 시각적 착시를 일으킨 것이다.

이처럼 소음 속에서 상대의 말을 다 알아듣는 '골라 듣기'라든가, 보고 싶은 것만 보이는 '골라 보기'는 분명 우리 뇌의 탁월한 능력 중 하나일 것이다. 그러나 이 탁월한 능력을 다른 시점으로 생각한다면 어떤가. 자기가 좋아하는 것만 선별적으로 보고 듣는다는 말인데, 우리의 뇌가 그렇게 이기적인 걸까?

결론부터 말하자면, 그렇다! 절대적으로 그렇다.

한국의 〈오션스 일레븐〉이라고 불린 〈도둑들〉의 초창기 버전이라고 할 수 있으며, 최동훈 감독의 데뷔작인 〈범죄의 재구성〉은 신랄하고 유쾌한 범죄 코미디였다. 〈범죄의 재구성〉을 만나기 전까지 나는 늘 우리나라에는 왜 성공(?)하는 도둑에 대한 영화가 없을까 생각했었다. 참으로 도덕(?)적인 우리나라의 영화 편향이 불만스러웠다. 모방범죄의 가능성이라고? 그럼 끊임없이 쏟아져 나오는 그 많은 조폭영화들에게는 왜 그렇게 너그러운 건데?

어쨌거나 도둑이나 사기꾼을 주인공으로 한 영화들이 나와서 다행이다. 우리는 영화를 보면서 어떻게 사기를 치는가가 아니라, 우리의 어떤 마음가짐이 사기를 당하게 만드는지를 유심히 봐야 할 것이다. 대부분 우리를 사기의 피해자로 만드는 것은 욕심이고, 그 욕심을 타당하다고 합리화시키는 것은 다름 아닌 우리의 이기적인 뇌니까 말이다.

'간편추론법'이라는 심리학 용어가 있다. 간단히 설명하자면 이렇다. 사람들은 통계적 수치보다 좋은 예를 선호하면서 자신의 기억을 과신하는 경향이 있다. 자기의 뇌리에 박혀 있다면 분명 중요한 일이라고 확신하면서. 물론 그것을 입증할 만한 어떠한 근거도 없이 말이다. 또 서로 관련이 없는 두 사건이 동시에 일어나면 뭔가 둘 사이의 관련성을 생각해내려고 한다. 우리의 욕심을 부추기는 변명이며, 똑똑한 우리의 뇌가 빠지는 함정이다.

최창혁(박신양 분)의 마지막 대사가 이 모든 것을 한마디로 함축하여 보여준다. "걸려들었다. 지금 이 사람은 상식보다 탐욕이 크다. 사기는 심리전이다."

사기꾼은 사람들의 비합리적인 본성에 의지하여 재주를 부린다. 비록 우리의 판단력이 매순간 이성적일 수는 없다고 해도, 최소한 상식적으로 생각할 수만 있다면 그들은 결코 우리의 주위를 맴돌 수 없다.

우리의 뇌가 가장 이기적인 부분은 '기억'에 관해서다. 사람에게는 무슨 일이든 자기에게 유리하게 생각하는 심리가 있다. 흔히들 말하는 '잘 되면 내 탓, 안 되면 조상 탓'이 그 것이다.

1930년대 '대중관찰운동'이라는 것이 있었다. 그 운동의 창시자인 톰 해리슨과 필립 지글러는 그 운동에 참여했던 몇몇 사람들에게 일기를 쓰도록 했고, 2차 대전이 끝난 후 그들의 일기와 인터뷰를 비교하여 발표하였다.

놀랍게도 그들은 스스로 꼼꼼히 기록했던 자신들의 일기와는 달리 모든 사건을 자기 위주로 기억했고, 자기가 아니라 주변인이 겪었던 일까지도 자기의 경험으로 기억하고 있었으며, 무작위적인 실제 사건들은 필연적인 단계로 재구성하여 하나의 스토리가 되어 있었다.

이 보고서의 내용이 어딘가 우리에게 너무도 익숙하지 않은가? 그것은 바로 우리들의 이야기이며, 가장 쉽게는 휴가를 나온 혹은 제대한 우리나라 남자들의 이야기가 아닌가!

나는 가끔 궁금하다. 남자들끼리는 과연 서로의 영웅담 내지는 고생담을 믿고 있는 것일까? 그들은 정말 자기들이 침 튀겨가며 하는 그 말들을 여자들이 다 믿는다고 믿고 있는 것일까?

° 소 등에 올라탄 쥐

아득한 옛날, 하느님이 12간지(十二干支)의 순서를 정하기 위해 동물들에게 새해 첫날에 세배를 오라는 연락을 보냈다. 아무래도 달리기에 자신이 없었던 소는 그믐날 밤부터 출발하여 부지런히 걸어서 하느님의 궁전 앞에 제일 먼저 도착했다. 그런데 웬걸, 궁전의 문이 열리자 소 등에 올라타 있던 쥐가 냉큼 뛰어내리더니 1등을 자처했다. 그래서 12간지의 맨 처음이 축(丑)이 아니라 자(子), 즉 쥐가 된 것이다.

대학 3학년의 봄이었다. 3박4일 일정의 수학여행을 부모님께는 4박5일이라는 일정표로 바꾸어 내밀고, 나와 친한 친구 넷은 자유의 1박을 함께 보내기로 했다. 그러나 친구들과의 조촐한 하룻밤을 꿈꾸었던 나의 예상과는 달리, 그날의 일정은 완전히 달라져 있었다. 우선 인원이 달라져 있었고, 예상보다 늦게 도착한 탓에 서울에서 벗어날 수가 없었다. 우리는 그저 다른 젊은이들처럼 나이트에 갔고, 시끌벅적한 소음 속에서 나는 지쳐가고 있었다. 열 시가 넘자 결국 우리는 그중 한 친구의 집으로 가기로 결정을 보았다.

고위공직자를 아버지로 둔 그녀의 집에 우리는 굴비 엮듯 주렁주렁 달려 들어갔다. 한 방에 앉아 수다를 떨고 있을 때 어머니께서 들어오셨다. 아마 먹을거리와 함께였던 것 같다. 어머니는 맏이의 친구들이 궁금했던지 함께 자리를 하시고는 우리에게 이것저것 물으셨던 것 같다. 왜 나는 그날의 방을 어두컴컴하게 기억하고 있는지 모르겠지만(어쩌면 우리는 전기를 끄고 촛불을 켜고 있었는지도 모르겠다), 어쨌든 그날 어머니께서 우리에게 하셨던 말씀은 분명히 기억한다.

"너희들도 이제 3학년이니까 결혼에 대해서 생각해보았겠지? 난 너희들에게 나이 많은 사람과 결혼하라고 조언하고 싶구나. 아무래도 남자 나이가 많아야 경제적으로든 사회적으로든 안정되니까. 결혼할 때야 신랑 나이가 많은 것처럼 느껴지겠지만, 결혼하면 다 똑같아. 지금 내 나이에 나만한 사회적 지위를 가진 친구는 없거든."

벌써 몇 십 년 전의 일이니 내 기억이 다 맞다고 할 수는 없지만, 어쨌든 이런 뉘앙스의 조언이었다. 스물한 살의 국문학도였던 내게 그 말은 참으로 충격이었다. 오죽하면 그날 몇 명이나 있었는지, 왜 그 집엘 가게 되었는지 따위는 기억이 나지 않아도 그 말만은 선명히 기억이 나겠는가! 물론 그 말의 뜻을 충분히 이해하고 있는 지금도 그녀가 왜 딸의 친구들 앞에서 그런 이야기를 했는지는 모르겠다. 그저 잘 나가는 사모님의 '인생 지름길' 강좌였을까?

신사임당이나 한석봉의 어머니, 하다못해 평강공주라면 몰라도 이미 잘 나가고 있는 남자의 등에 업히는 게 뭐 그렇게 자랑스러운 일인가? 남편의 사회적 지위가 왜 아내의 목에 힘주는 일이 되는지 모르겠다. 지금은 그런 일이 없겠지만, 내 주변에 막 제대한 사람들이 우글거리던 시절에는 사택의 여인네들이 사병을 '완전' 부려먹는다는 얘길 많이 들었다. "남편이 대령이지, 지가 대령이야?!" 술기운에 그들은 흥분해 있었지만, 일개 사병이 겪었을 굴욕은 짐작하고도 남음이 있었다.

베이징에 있는 한국인들의 교구모임에는 각 기업의 주재원이 한 명씩만 끼어 있단다. 같은 기업에 다니는 사람이

여럿 있으면 시간이 지나면서 남편의 지위가 달라지기 때문에 서로 어색해진다는 것이다. 종교 모임이라는 것이 그렇다니, 학부모 모임이나 그야말로 회사 모임 같은 데선 어쩌겠나 싶다.

봉건시대 여성의 행동강령으로 '삼종지도(三從之道)'라는 것이 있다. 모두들 알다시피 어려서는 아버지를 따르고, 결혼해서는 남편을 따르며, 남편이 죽으면 아들을 따라야 한다는 뜻이다. 여성의 주체성을 무시한 처사네 어쩌고 하는 건

남편 등에 올라타 있는 그녀들이 할 수 있는 이야기가 아니다.

　내가 하고 싶은 이야기는 이 삼종지도의 현대식 해석이다. 나는 생각한다. "어려서는 아버지를 욕보이지 말고, 결혼해서는 남편을 욕보이지 말며, 나이가 들어서는 자식을 욕보이지 말 것이다."라고. 아버지 등에 올라타고, 남편 등에 올라타고, 자식 등에 올라타서 호령하는 짓은 하지 말아야 한다고 말이다.

° 희생과 학대

　　　　나는 걸음이 느린 편이라 가끔 친구들에게 "조금만 빨리 걷자."라는 재촉을 받을 때가 있다. 간혹 느린 걸음 탓에 "걷는 걸 싫어하는군!"이라는 오해도 받는다. 분명히 말하지만, 나는 걷는 걸 좋아하는 편이다. 다만 빨리 걷는 것이 싫을 뿐이다. 물론 빨리 걸어야만 할 때가 아주 없는 것은 아니지만, 대체적으로 나는 느릿느릿 걷는 게 좋다. 한 친구의 증언(?)에 의하면, 그런 내가 거의 유일하게 의식 없이 걸음이 빨라지는 목적지가 바로 영화관이란다.

　영화를 보러 간 것이니 영화가 메인이기는 하지만, 그에 못지않게 내가 좋아하는 건 예고편과 광고다. 가끔 예고편이나 광고 없이 시작하는 경우가 있으면 뭔가 손해 보는 느낌마저 들 정도다. "예고편은 이해하겠는데 광고는 왜?"라고 고개를 갸웃거리는 분들을 위해 친절히 설명하자면, 15초 혹은 길어야 30초짜리 TV 광고에서는 볼 수 없었던 스토리가 영화관 광고에서는 보이기 때문이다. 그리고 가끔 그 스토리가 나를 감동시킨다. 물론 빤한 스토리인 경우가 많지만 말이다.

얼마 전에도 그런 경험을 했다. 화면을 가득 채운 카메라 뒤로 눈물이 가득 고인, 슬픔이 아니라 '완전 감동' 먹은 얼굴이 나타났다. 순간 나는 그가 이제 세상의 빛을 본 자기 아이를 보고 있겠다 싶었다. 아니나 다를까, 그는 신생아실 앞에서 간호사가 안고 있는 아이를 카메라에 담고 있었다. 역시 요즘은 모정(母情)보다 부정(父情)을 내세우는 게 대세다.

광고계에서는 영원한 3대 테마로 아이, 동물, 자연을 꼽는단다. 어떤 광고든지 이 세 가지를 소재로 선택하면 실패하는 일이 드물다고 말이다. 하지만 아이나 동물에게서 원하는 그림을 뽑아내기란 분명 쉽지 않을 테니, 그 부분에서 나는 진심으로 광고 관계자분들의 희생에 존경의 마음을 표하는 바이다.

일본에 있을 때만 해도 자식이 부모를 죽이고 학생이 선생을 찌르는 사건들을 접하면 '우리나라에선 있을 수도 없는 일'이라며 고개를 설레설레 흔들었었다. 더구나 젖먹이 아기를 쓰레기봉투에 버리고, 서너 살 먹은 아이들을 방 안에 가두고 며칠이고 외박을 하며, 아이가 말을 안 듣는다고 발로 차서 숨지게 했다는 뉴스를 들으면 '모성은 본능이 아니다'라는 말이 실감났다. 남들이 뭐라 하던(중국인들과 일본인들이 한국인의 뿌리 깊은 유교 사상에 혀를 내두른다) 우리나라의 '유교식' 교육이 얼마나 다행스러운가 싶었다.

그랬는데……, 이제 더 이상 우리나라도 인륜적 범죄의 안전지대가 아니었다. 게임중독에 빠진 젊은 아빠는 두 살 난 아기를 질식사시킨 후 사체를 유기하고, 중학생 딸을 선도한답시고 목검으로 때려 숨지게 한 아버지는 계단에서 굴러 떨어진 거라며 거짓말을 하고, 전처의 자식을 학대하여 죽음으로 몰아간 계모들은 그런 적이 없다며 발뺌을 한다. "계모가 그렇지 뭐."라면서 사람들은 계모를 색안경 끼고 보지만, 아동 학대의 대부분(81.8%)이 친부모에 의한 것이라는 조사 결과를 보면, 더 이상 부모의 무조건적인 '내리사랑' 따위는 기대하지 않는 게 좋을 것 같다.

영화 〈공공의 적〉에서 규환(이성재 분)에게 경악을 금치 못했던 건, 그가 아무런 죄책감 없이 사람을 죽이는 사이코패스여서가 아니라 자신의 이익을 위하여 친부모를 죽인다는 설정 때문이었고, 그런 아들을 위해 죽어가면서도 아들의 손톱을 삼킨 모정을 대비시켰기 때문이었다. 가끔 나는 영화나 드라마 따위에서 아기와 모성애를 너무 미화하는 것은 아닌가 생각할 때가 있는데, 모든 화해의 제스처를 임신으로 몰아간다든가 비도덕적 행동을 과도한 모성애로 커버하는 식이 그렇다.

한동안 엄청난 인기를 누렸던 〈마당을 나온 암탉〉을 보면서도 나는 강요된 모성이 못내 아쉬웠다. 아이들이 그 애니메이션을 보며 다른 주제는 놓치고, '당연히 엄마는 저렇게 아이를 위해 모든 것을 희생하는 존재'라고 생각하는 게 싫었다. 이미 우리의 아이들은 충분히 엄마가 자신을 위해서 존재하는 사람이라고 알고 있다. 아이들은 자신에게 더 이상 엄마가 필요 없다고 느낄 때 비로소 엄마에게 빗장을 걸며 거리를 둔다. 나는 아이들이 엄마에게도 '엄마'의 삶 외에 다른 삶도 있다는 걸 알아주었으면 좋겠다. 하지만 아무도 아이들에게 그런 말은 해주지 않는다.

고레에다 히로카즈 감독의 〈아무도 모른다〉에는 전혀 다른 엄마가 나온다. 아이들에 대한 아무런 책임감도 느끼지 못하는 엄마, 아이들의 기본적 욕망(친구를 사귀거나 학습하고 싶은 욕구) 따위는 무시하는 엄마, 아이들의 인생보다 자신의 인생이 먼저인 엄마가 등장한다. 영화는 대부분 어떠한 설명도 없이 아버지가 다른 네 명의 아이들이 엄마의 부재 속에 어떻게 생활해 나가는지를 감정의 격앙 없이 담아내지만, 보는 입장에서는 한숨과 씁쓸함, 약간의 분노마저 느끼게 된다.

놀라운 건 이 영화가 실제의 사건(스가모 아이 방치 사건)을 모티브를 만들어졌다는 점이다. 그리고 그 실화는 사체 유기와 폭행치사가 더해진, 영화보다 훨씬 더 잔인하고 참혹한 사건이다.

한쪽에서는 엄마라는 이름으로 아이들에게 희생을 강요당하고, 한쪽에서는 훈육이라는 이름으로 아이들을 학대한다. 희생으로 자란 아이는 감사를 모르고, 학대받으며 자란 아이는 폭력성만을 키우게 된다. 제발 희생으로 큰 아이는 희생의 위대함을 배우고, 학대로 큰 아이는 폭력의 잔인함을 배우기를⋯⋯. 그리하여 더는 희생을 강요당하는 부모, 학대를 받는 아이들이 이 땅에 존재하지 않기를 간절한 마음으로 바라본다.

° 회개하고 천국 갑시다?

　　죽음이 비록 지독한 현실이며 고통스러운 상처
지만 하나님은 죽음을 통해 일하신다. 이 죽음에서 메시지를
찾아야 한다…… 어쩌고저쩌고…… 하는 내용의 ○○일보
칼럼을 읽다 영국의 정치철학자 존 그레이가 생각났다. 그는
말한다.

　　"진보는 신화다. 자아는 환상이다. 자유의지는 착각이다.
인간은 다른 동물보다 우월하지 않다. 굳이 인간이 다른 동물
과 다른 점을 들자면, 이성의 능력이나 도덕 원칙을 지키는
능력이 아니라, 유독 파괴하고 약탈적인 종이라는 점일 것이
다."

　　기독교를 비판하고, 계몽주의를 비판하고, 공산주의 혁

명과 자본주의를 비판하는 그의 논지는 유토피아주의의 폭력성이다. 책을 읽으면서는 '뭘 또 이렇게까지…….'라는 생각이 없었던 것도 아니다. 하지만 기성세대의 잘못으로 죽어간 수백 명 학생들의 죽음에 하나님의 메시지를 찾아야 한다는 칼럼을 읽고 있자니, 존 그레이가 말했던 기독교의 인간우월주의가 무엇을 이야기하는지 알 것 같았다.

나는 인간이 다른 동물보다 우월하다고 생각해본 적이 없다. 비단 나뿐만이 아닐 거다. 물론 서양식 사고와 동양식 사고의 차이도 있을 테지만, 따지고 보면 '인간은 만물의 영장'이라는 것도 서양에서 들어온 생각 아닌가. 동양에서는 인간도 그저 자연의 일부일 뿐이다. 존 그레이 또한 동양적 사고(특히 노자와 장자에 심취한 듯 보인다)에 고개를 끄덕이면서 서양인의 인간우월주의는 기독교에서 그 맥락을 찾을 수 있다고 말한다.

하나님과 닮은꼴로 사람을 만들었으니, 당연 다른 동물들보다 우월해야 한다는 것이다. 하지만 사실 열등과 우월은 기준을 무엇으로 두느냐의 차이일 뿐이지, 인간도 다른 동물과 마찬가지로 한 무리의 동물일 뿐이다. 게다가 동물의 세계에서 보면, 지극히 약한 주제에 단결심마저 없는 이기적인 종이다.

어처구니없는 죽음으로 온 국민이 트라우마 상태인 이때, 천국을 가야 하니까 교회에 가야 한다는 전도를 받았다. 죽음은 너무 가까이 있고 육체는 죽어 없어져도 영혼은 영원한 거니까, 천국에 가야 하지 않겠느냐는 거다. 아직도 그런 방식으로 전도를 하다니, 나는 그 말에 교회에 가야겠단 생각을 하는 사람이 얼마나 될까 오히려 의구심이 들었다. 물론 전도하시는 분이야 '천국으로 가는 길이 이렇게 열려 있는데 왜 이 쉬운 길을 따르지 않는가?'라는 답답한 마음과 '길에서 벗어난 양들을 바른 길로 인도해야 한다!'는 책임감으로 하시는 말씀이겠으나, 듣는 사람 입장에서는 뭐랄까…… 그런 전도 방식이 참으로 안타깝다. 게다가 지금은 더욱!

천재(天災)도 아니고 인재(人災)로 발생한 사고에 어린 목숨들이 희생되었는데, 천국 타령이나 해야 하는 걸까? 마도로스의 명예 따윈 나 몰라라 하고, 아니 인간으로서의 최소한 도덕적 양심을 저버린 선장도 기독교 신자(기독교복음침례회-죄를 깨닫기만 하면 구원받을 수 있고, 한번 영혼의 구원을 받으면 육신은 자연히 구원된다고 하여 일명 구원파라고 한다.)라는데, 그는 천국에 가는 걸까? 구원파는 이단이라서 못 간다고 할까?

영화 〈밀양〉이 생각난다. 납치당한 아이의 죽음을 받아들이지 못하고 망연자실한 신애(전도연 분)에게 들려오는 복음성가. 홀리듯 교회 안으로 들어간 그녀는 비로소 자식의 죽음을 받아들이고 가슴을 쥐어뜯으며 통곡한다. 그리곤 종교에 모든 걸 의지하며 빠져든다. 원수를 사랑하라 했으니 용서해야 한다고, 용서할 수 있다고 찾아간 아들의 유괴범 앞에서 그러나 그녀는 무너지고 만다. 유괴범은 이미 하나님의 용서를 받았다며 너무나 편안한 얼굴을 하고 있지 않는가 말이다.

그 다음의 신애의 행동은 영화를 보신 분들은 아실 터이고, 아직 안 보신 분들은 직접 보고 확인하시길 바란다. 노파심에 덧붙여두자면, 이 영화는 종교영화가 아니며, 특정 종교를 비판하는 영화는 더더욱 아니다. 이창동 감독의 다른 영화들처럼 이 영화는 사람에 관한 영화이며, 사람과 사람의 관계에 관한 영화이며, 그리고 용서에 관한 영화이다. 여기서의 용서란 타인뿐 아니라 자신에 대한 용서도 포함된다. 다른 이는 어떨지 모르겠지만, 최소한 나는 그렇게 느꼈다.

나는 존 그레이처럼 기독교를 비판할 만큼 기독교를 알지도 못하며, 천국을 부정하거나 완전하게 믿을 만큼의 관심도 없다. 내가 우려하는 건 '천국'을 핑계 삼아 사람들이 스스로를 너무 쉽게 용서하고 있다는 부분이다. 〈밀양〉의 유괴범처럼 자신은 회개를 하였으니 하나님은 용서하시고, 그리하

나른한 오후의
마들렌

여 '나는 구원받았다' 식의 '자백' 말이다.

물론 죄를 지었으니 영원히 용서받을 수 없다고 말하는 것이 아니다. 하지만 회개의 정도라는 게 있는 거 아닐까? 자신의 죄가 무엇인지도 모르는 사람이 어떻게 회개를 할 수 있으며, 아무리 깊이 뉘우친들 피해자의 상처가 없어지지는 않는 법이라는 걸 알고나 있는 걸까? 그런 의미에서 이정향 감독의 〈오늘〉은 용서의 무게를, 강석범 감독의 〈해바라기〉는 진정한 용서와 뉘우침, 그리고 화해가 어떤 것인지를 보여준 영화였다고 생각한다.

친구의 이야기가 생각난다. 성당에서 세례를 받고 매주 고해성사를 해야 했는데, 아무리 생각해도 자기는 잘못한 게 없더란다. 그래서 고해성사를 해야만 하는 게 너무도 곤혹스러웠단다. 그런데 지금 와서 생각해보니, 그 '자만'이 바로 고백해야 할 죄였다고 했다. 그의 말을 들으며 나는 종교란 그런 것이어야 한다고 생각했다. 월요일부터 토요일까지 '맘껏' 죄를 짓고 일요일에 회개하고 용서받았으니 다시 월요일부터 죄를 짓는……, 그런 것이 아니라 말이다.

『두근두근 내 인생』의 아름이는 "완벽한 신이 불완전한 인간을 이해할 수 있을지 궁금하다."고 했는데, 나도 전적으로 동감이다. 그 선상에서 용서 또한 불완전한 인간은 할 수 없는 것이 아닌지 생각해본다. 그래서 "용서는 미움을 없애는 게 아니에요. 용서는…… 미움을 마음의 가장자리로 밀어넣는 거예요."라는 〈오늘〉의 대사가 마음에 와 닿은 것인지도 모르겠다.

° 가까운 미래

"먼저들 와 있었구나. 내가 좀 늦었지?"

"그래, 어서 와. 우리끼리 먼저 시작했어. 너도 주문하렴."

"그럴까? 난 옥시토신 칵테일로 할게."

"아서라, 넌 그 취향 좀 바꿔라. 그렇게 맨날 옥시토신만 들이부으니 불쌍한 남자들만 꼬이잖아!"

"놔둬, 그게 제 취향인걸 뭐. 너나 도파민 좀 작작 들이켜. 너 그렇게 올인하다 의부증 소리 들으면 어쩌려고 그래?"

"그러는 넌? 너 이번에도 흐지부지 그냥 친구 하기로 한 거야? 너야말로 도파민 좀 부어줘야 하는 거 아냐?"

"야야, 그만들 하고 쟤 거 주문할 때 나도 세로토닌 한 잔 더 시켜줘. 나 요즘 스트레스가 장난 아니야. 완전 예민해져

있다고!"

가까운 미래에 우리는 이런 대화를 나누며 친구들과 가볍게 한잔을 즐기고 있을지도 모른다. 이미 뇌의 화학물질에 대해서는 많은 연구가 행해졌으니, 지금 비타민이네 미네랄이네 하면서 필요한 영양소를 알약 하나로 섭취하듯 우리 뇌에 필요한 화학물질을 직접 선택하여 주입하는 날이 온다한들 그리 놀랄 일은 아니지 싶다.

아니, 이미 우리들은 뇌의 화학물질을 조정하고 있는지도 모르겠다.

시험공부를 해야 하는데 배불리 먹는 사람은 없다. 배고

플 때 분비되는 호르몬인 그렐린이 지각력을 예리하게 하고 학습능력을 촉진하기 때문이다. 뇌의 지적 작용은 '배고픔의 부작용'이라는 우스갯소리도 있지 않은가. 우울해 하는 친구를 위해서는 어찌 하는가? 소개팅을 주선하고 낭만적 사랑을 부추겨 세로토닌의 분비를 촉진시키거나, 함께 실컷 수다를 떨어서 엔도르핀을 생성시킨다.

스트레스가 심할 때는 또 어찌 하는가? 조용히 홀로 숲속을 거니는 쪽을 택하는 사람이 있는가 하면, 연인에게 위로받고자 하는 사람도 있고, 미친 듯이 운동을 하는 사람도 있다.

샤오루 궈의 소설 『연인들을 위한 외국어사전』을 보면

'당신'이 지쳐 돌아온 날 '나'에게 손으로 해달라고 요구하는
장면이 나온다. 너무 지쳐 섹스 할 힘은 없지만 분출을 하면
푹 잠들 수 있을 것 같다면서 말이다. 섹스에 대한 남성과 여
성의 차이를 보여주는 장면이기도 하다.

그러고 보니 영화 〈아드레날린 24〉에도 비슷한 장면이
나온다. 살인청부업자 체브(제이슨 스타뎀 분)는 그에게 앙심
을 품은 한 악당에 의해 바이러스를 주입 당하는데, 한 시간
안에 백신을 찾지 못하면 심장마비로 죽는다는 설정이다. 죽
지 않기 위해서는 아드레날린이 계속 분비되어야 하기 때문
에 영화는 처음부터 끝까지 싸우고, 싸우고, 또 싸운다. 그렇
게 계속 시간에 쫓기는 그는 아드레날린 분비를 위해 여친(에
이미 스마트 분)과 길거리 섹스를 나눈다. 당연히 나눈다는 표
현이 어색한 일방적인 행위이다. 아무리 사랑을 한들 어떤 여
성이 대낮에 사람들 앞에서 사랑을 나누고 싶어 하겠는가. 어
쨌든 그는 충분한 아드레날린이 분비되었겠지만, 여성은 절
대 아니었을 것이다.

이야기가 좀 옆길로 샜지만, 어쨌든 황홀한 섹스와 맛있
는 음식은 우리 뇌에 도파민을 분출시키고, 격렬한 운동은 행
복감과 관련된 물질인 아난다마이드를 분비시킨다고 한다.
그래서 우리는 사랑하는 사람의 손을 잡고 낭만적인 영화를

보거나 맛있는 음식을 먹으며, 때론 격렬한 운동을 하면서 우리의 뇌에 필요한 화학물질들을 생성하는 것이다.

개인적으로는 참 부러운 습관인데, 스트레스 받는 일이 있으면 대청소를 하는 사람이 있다. 겨울이불을 꺼내 빤다거나 평소에 안 쓰는 그릇을 다 꺼내 닦는 식의 청소를 즐기는 (?) 사람도 있다. 이런 무의식적인 행동이 다 나름 뇌의 화학물질을 유도하는 행위였다니, 놀라울 따름이다. 우리의 뇌는 은연중에 우리를 살리기 위해 부단한 노력을 하는 모양이다.

° 삼류 초능력자

나는 호러를 제외한 모든 장르의 영화를 다 좋아하는 편인데, 그중 특히 좋아하는 건 로맨틱코미디와 SF물이다. SF 중에서도 제일 좋아하는 건 타임머신 이야기이다. 타임머신에 관한 영화들은 몇 번을 봐도 싫증이 나지 않는다. 오히려 보면 볼수록 빠져드는 느낌이다. 이율배반적인 설정이나 '옥의 티'를 찾는 것도 재미있다.

타임머신 다음으로 내가 좋아하는 건 특수능력을 지닌 뮤턴트들의 이야기다. 한동안은 〈X맨〉 시리즈에 푹 빠져서는 내가 갖고 싶은 능력을 상상하는 데 하루를 보낸 적도 있다. 그렇게 고심 고심하며 결론적으로 생각한 게 '텔레포트' 능력이었다. 나는 어렸을 때부터 〈도라에몽〉의 비밀도구 중에 '어

디서든 문(どこでもドア)'을 좋아했다. '어디서든 문'은 가고 싶은 곳을 생각하면서 문을 열면 바로 그곳으로 통하게 되는 도구이다. 어쩌면 움직이길 싫어하는 나의 천부적 습성 탓도 있겠지만, 생각만으로 어디든지 바로 갈 수 있다니 얼마나 신이 나는가! 그래서 영화 〈점프〉가 나왔을 때는 정말이지 신이 나서 보러 갔었다.

〈X맨〉은 뮤턴트 중에서도 인간과 공유하는 삶을 추구하는 찰스 자비에(프로페서 X-무한한 잠재력을 가진 사람의 뇌를 마음대로 조정하는 능력을 지님)를 주축으로 하는 집단이다. 이와는 달리 인간을 적대시하는 세바스찬 쇼우(매그니토-철을 자유자재로 다루는 능력이 있어 인간의 무기를 무력화한다)는 "핵전쟁이 일어나야 인간은 줄고 우리와 같은 돌연변이가 많아지겠지."라며 인간의 멸종을 바란다.

사실 메그니토의 이 말은 잔인하지만 과학적으로 맞는 말이다. 핵폭발로 발생하는 막대한 양의 방사성 물질은 인간 유전자에 변형을 일으켜 돌연변이가 발생할 확률을 높인다. 물론 영화에서처럼 어떠한 것이든 특수한 능력을 가지고 태어나면 좋겠지만, 현실적으로는 대부분 기형아로 생존에 불리하게 태어날 뿐이다.

실질적으로 1986년 체르노빌 원폭 사고 이후 돌연변이로 인한 기형아 출산이 증가했다고 한다. 방사선은 태아의 세포 분화에 영향을 미쳐서 신체 일부를 비정상적으로 만들며, 생식세포인 정자나 난자에 영향을 주어 정상 부모라도 돌연변이를 낳을 수 있다고 한다.

물론 매력적인 돌연변이가 후대에 확산되는 경우도 있다. 진화심리학자 전중환 교수는 "환경에 불리한 돌연변이는 도태되고, 유리한 돌연변이만 남은 것이 현재의 인류"라고 설명한다. 즉 외모적으로 우월하거나 환경에 적응하기 유리한 돌연변이는 배우자를 쉽게 만나 유전자를 물려주고, 이들이 세대를 반복하면서 보편적 유전자로 변화된다는 것이다.

영국 세인트 앤드루 대학의 피터 프로스트 교수는 《진화와 인간 행동》이라는 국제학술지에서 "금발 돌연변이가 나타난 건 15만 년 전 빙하기 말 북부유럽이었지만, 금발 여성이 남성에게 더 매력적으로 보였던 탓에 1만 년 만에 유럽 전역으로 퍼졌다."고 발표함으로써 매력적인 돌연변이의 확산을 입증했다.

또 하나의 예는 아프리카에서 찾을 수 있는데, 아프리카에 '낫' 모양의 적혈구를 가진 사람들이 증가하고 있다고 한다. 혈액에서 산소를 운반하는 적혈구는 산소와 결합하기 쉽도록 가운데가 볼록한 원반 모양을 한 것이 정상이다. 하여 낫 모양의 적혈구는 그 역할을 제대로 못하기 때문에 빈혈을 일으킨다고 한다. 재미있는 건 중북부 아프리카에서는 빈혈이 있는 사람을 1등 신랑신붓감이라고 여기는데, 거기에는 다 이유가 있었다. 낫 모양 적혈구는 말라리아 병원균의 영향을 받지 않기 때문에 말라리아가 아무리 확산되어도 살아남는다는 것이다. 역시 사람들은, 아니 인류의 유전자는 살아남는 법을 알고 있는가 보다.

다시 〈X맨〉 이야기로 돌아가 보자면, 시리즈 3편에는 뮤던트의 능력을 무능력화시키는 능력을 지닌 뮤던트(리치)가 나온다. 인간들은 그의 피를 축출하여 퓨어치료제를 만들고, 순수한 인간이 되기를 원하는 뮤던트들에게 투입한다.

나는 퓨어치료제를 맞기 위해 길게 늘어서 있던 줄이 인상적이었다. 원하지도 않은 별 볼일 없는 능력, 혐오스러운 외모 등으로 괴로웠던 뮤던트들은 퓨어치료제를 진심으로 원한다. 혹은 자신은 원하지 않더라도 고통스러워하는 가족들을 위하여 그 줄에 합류한다. 그리고 그 안에 로그(신체적 접촉으로 상대의 기억, 능력, 재능을 흡수하는 능력을 지님)가 있다.

뛰어난 능력을 지녔음에도 불구하고 가벼운 신체적 접촉조차 할 수 없는 그녀는 사랑을 위해 자신의 능력을 버린다. 참으로 아까운 능력이지만, 역시 사랑 앞에서는 어쩔 수 없는 것인가 보다. 하긴 슈퍼맨도 사랑 때문에 한때 자신의 능력을 버렸을 정도니까.

그러고 보니 우리에게도 류승완 감독의 영화 〈아라한장풍대작전〉이 있다. 이 영화 초입에서 말했던 것처럼 도인들은 세상 곳곳에 숨어 지내며 무언가의 '달인' 노릇을 하고 있는 것일까? 사실 SBS의 〈생활의 달인〉을 보고 있자면 그런 생각이 안 드는 것도 아니다.

어쩌면 우리 모두는 가장 밑바닥 수준의 뮤던트일 수 있다. 갈고 닦아서 기량을 높이면 어느 정도 수준에 오를지도 모른다. 하지만 아무리 그래도 텔레포트는 좀 어렵겠지?

베짱이의 삶

　　진한 커피를 탄다. 인스턴트커피 세 스푼에 물은 머그컵 '이빠이'! 물론 커피를 즐기는, 그것도 강한 커피를 즐기는 커피마니아에게는 비웃음 당할 수준이지만(게다가 인스턴트라고?) 한 달에 한 잔 마실까 말까 한 내게는 좀처럼 없는 일이다. 20여 년간 커피를 팔았지만, 원두커피를 기가 막히게 뽑아내지만(당연히 바리스타 자격증 따위는 없다) 정작 본인은 전혀 커피를 안 마시는 엄마처럼 나도 커피는 거의 마시지 않는다. 엄마나 나나 커피는 맛보다는 향으로 마시는 거라는 데 동의하는 편이다.

　　원래는 집에 커피도 없었다. 하지만 어찌된 일인지 내 주변에는 술만큼이나 커피 좋아하는 친구들이 많은 관계로 커

나른한 오후의
마들렌

피를 구비(?)해야 하는 지경에 이르렀다. 처음엔 원두커피를 준비해두었으나 생각보다 원두커피의 쇼미기겡(賞味其限 일본의 음식물 기한 표시로, 우리나라의 유통기한이나 유효기간 같은 건데, '맛을 음미하면서 먹을 수 있는 시간'이라는 뜻이 나는 참 좋다.)이 짧아서 나는 커피를 대접하면서도 맛이 없다는 욕(?)을 들어야 했다.

그래서 인스턴트커피로 바꾸었더니, 이번엔 설탕을 내놓으란다. 결국 나도 영화〈티끌 모아 로맨스〉에서의 구홍실(한예슬 분)처럼 커피전문점에서 눈치껏 서너 개의 설탕을 챙겨 나오게 되었다. 다행히 나는 그녀처럼 설탕을 왕창 집었다가 직원이 계속 눈치를 주는 바람에 그 많은 설탕을 한 잔의 커피에 몽땅 넣고 마셔야 하는 굴욕을 맛본 적은 없다. 내가 하던 짓이 있어서 난 이 장면에서 많이 웃었다. 어쨌든 덕분에 필요할 때 이렇게 커피를 마실 수도 있으니, 역시 좋은 게 좋은 거다.

내가 커피를 마시는 건 거의 세 가지 상황들 중 하나다. 첫째 달달한 케이크나 커피와 어울리는 쿠키가 있는 경우, 둘째 친하지 않은 사람과 커피전문점에 갔는데 그 사람이 돈을 내는 경우, 셋째 알코올 없이 밤을 새야 하는 경우다. 오늘은

세 번째 상황, 어떻게든 끝내야 하는 일이 있기 때문이다.

문화체육관광부의 2012 문화예술인 실태 조사에 의하면, 분야별 종사자 중 월 수입 100만 원 이하의 비율이 가장 높은 분야는 '문학'으로, 문학 종사자 전체 중 91.5%가 월수입 100만 원 미만이란다. 출판계에 빌붙어 사는 나로서는 무척이나 공감이 가서 저절로 고개가 주억거려졌다.

개그맨들의 전직, 즉 오직 개그맨이 되겠다는 일념으로 생활형 알바를 했던 그들의 이야기가 가끔 화제에 오르곤 한다. 감히 거기에 비할 수는 없는 노릇이지만, 나 또한 여러 가지 사정이 겹친 상태에서 생활형 알바를 시작하게 되었다. 평소라면 새벽 두세 시에 자고 어쩌다 작업이라도 하는 날이면 대여섯 시에 자던 내가 늦어도 다섯 시면 일어나 준비를 하고 출근을 했다. 어찌 보면 자던 시간에 나가는 꼴이다.

나는 스스로도 기특해 할 만큼 생각보다 이 일을 잘 해냈다. 물론 처음 한 달은 다리가 아파서 잠을 못 잘 정도였고, 열두 시간씩 서 있는 날들이 이어질 때는 먹는 것도 잊고 집에 와서 잠만 잤다. 그러다 좀 익숙해지니 새벽까지 술을 마셔도 시간이 되면 벌떡 일어나 출근을 했다.

하지만 결국 나는 6개월을 버텨내지 못했다. 대부분 앉아서 일하는 사람들이 그렇듯이 원래 허리가 안 좋았던 나는 대개는 여덟 시간, 많게는 열두 시간씩 서 있어야 하는 일을 견뎌내지 못했다. 급기야 내 허리가 비명을 지르며 다리를 절룩거리게 만들었고, 병원에서는 내게 앉기도 불편한 깁스를 해줬다. 나는 다시 백수가 되었고, 처음 며칠은 새벽 다섯 시면 번쩍 눈이 뜨이더니만, 이젠 다시 새벽 다섯 시에 자는 생활로 돌아왔다.

사람들은 내가 밤새 작업을 하고 아침에 자면 게으르다고 핀잔하고, 새벽에 나가서 오후에 들어와 자면 피곤해서 그런 거란다. 물론 나의 밤샘 작업이 그저 노는 것처럼 보일 수도 있는 건 인정하지만, 자기들 출근할 때 내가 잔다고 나를 게으름뱅이 취급하는 건 좀 억울한 면이 있다. 자기들보다 일찍 일어나 출근하는 것, 게다가 그저 생활형 알바를 하는 것은 안쓰러워하면서 프리랜서 일을 하는 건 놀고먹는 팔자라고 비아냥거린다.

베짱이가 개미처럼 산다면 그건 이미 베짱이가 아니다. 치열하게 사는 것이 부럽긴 해도 따라할 수만은 없는 노릇이다. 구걸하러 갔더니 "넌 먹을 자격이 없어!" 비웃는 개미에게 "그래도 내가 노래 불러줬잖아!"라며 생색낼 수도 없고…… 에효~. 비록 개미에게 비난받아도 베짱이에게는 베짱이의 삶이 있는 것이다. 그리고 개미가 모르는 베짱이의 고충이라는 것도 당연히 있는 것이다.

나른한 오후의
마들렌

° 개인의 취향

경제학자 케인즈는 주식투자를 미인투표에 비교했다고 한다. 자신의 취향이 아니라 투표자의 대부분이 미인이라고 생각하는 사람이 미인투표의 주역이 되는 것처럼, 주식 또한 자신의 생각이 아니라 다수의 생각을 좇아야 한다고 말이다. 그렇지만 정말 미인의 기준이라는 게 그렇게 객관적일 수 있을까?

언젠가 친구가 자기 남편을 '잘생겼다'고 표현하여 "너는 그렇게 생긴 사람이 좋구나."라고 대꾸해 주었더니, 의아한 듯 나를 바라보며 "진짜 잘생기지 않았니?"라고 되물어 암말도 못했던 기억이 난다. '에이, 그건 아니지. 그건 그냥 너의 취향인 거지.'라는 말은 할 수 없었다. 그녀는 진심으로 남편을 '꽃미남'이라고 생각하고 있었으니 말이다.

케인즈가 양성애자였던 건 공공연한 비밀이었던 모양인데, 아무래도 이성애자보다는 양성애자가 미의식의 기준이 더 까다로웠던 모양이다. 그리고 불행히도 케인즈 아저씨는 사람들이 다 자기처럼 엄격한 미의식 기준을 가졌을 거라고 착각했던 모양이다. 아무리 미인을 객관화시켜도 사람들에게 미인은 꽤나 주관적인 모습이니까 말이다. 그래서 그렇게 주식으로 망하는 사람들이 많은 모양이다.

어쨌든 연애 상대를 고를 때에도 각자의 취향이 있고 기준의 순서가 다르다.

먼저 남들이 미인이라 부르는 사람, 즉 대부분의 사람들이 외모를 보고 호감을 느끼는 사람을 선택하는 사람이 있다. 이런 사람들은 무엇보다 '자기 자신'을 중요시 여기는 부류이다. 이런 사람들의 심리에는, 비록 자신은 미인에게 싫증이 나더라도 남들의 평가는 크게 달라지지 않으므로 자기 평가는 유지할 수 있다는 계산이 깔려 있다. 이런 타입은 연애에 대한 기대치도 낮아서 세상 사람들의 평가를 분석하여 상대를 선택하는 편이다.

이에 비해 연애에 대한 기대치도 높고 아직 순수한 사랑을 꿈꾸는 사람은 세상의 눈과는 상관없이 자신이 좋아하는 타입을 택한다. 그러다 상대에게 싫증이 나면 속내를 감추다 감추다 결국 터져버려 되돌릴 수 없는 관계로까지 치닫게 된다. 뜨거워지기도 쉽고 차가워지기도 쉬운 게 이 타입이라고 하겠다.

그리고 현재의 평가보다 미래의 변화를 기대하며 상대방을 선택하는 타입이 있다. 지금보다 나아진다면 현재의 상태에서 많은 것을 바라지는 않는 타입이다. 반드시 잘된다는 보장은 없지만, 현실적 생활에서 상대에 대한 실망이 확실해질 때까지는 지속적으로 버티는 타입이다. 물론 상대방이 기대에 부응한다면야 더할 나위가 없겠지만, 사람이라는 게 쉽게 변하지 않는다는 것을 묵과해서도 안 될 것이다.

경제학 이론 중에 '불확실한 미래에 대한 의사결정론'이라는 것이 있다. 전통적인 방법인 기대효용이론(EUT)은, 가능한 선택지 중에서 실현 확률을 고려하여 가장 효용기대치가 높은 선택지를 택하는 방법이다. 극히 이성적이고 과학적이라 당연하게까지 느껴진다. 그런데 사람들은 이상하게도 이런 합리적인 판단을 저어하는 경향이 있다.

그리하여 대두된 방법이 사례 베이스 의사결정이론(CBDT)이라는 거다. 대부분의 사람은 확률을 계산해서 의사

나른한 오후의
마들렌

를 결정하기보다는 과거 사례와의 유사성으로 의사를 결정한다는 거다. 예를 들어 과거의 남친들이 B형이라고 치자. 비록 두 명뿐일지라도 "나는 B형하고는 궁합이 안 맞아." 따위로 생각해버린다는 것이다.

연애처럼 객관적 판단이 어렵고 감정에 영향을 받기 쉬운 경우에는, 대부분 자신의 경험이나 가까운 주위 사람들에게서 들은 이야기에 영향을 받기 쉽기 때문에 CBDT 쪽으로 마음이 기울어지기 십상이라는 거다.

연애에 관한 비합리성이 어디 이뿐이랴! 영원할 것 같았던 우정이 애인 한 번 잘못 소개했다가 구질구질 삼류스토리가 되기도 하고, 가슴 시린 사랑으로 피멍이 들기도 한다. 〈잘못된 만남〉이나 〈친구의 친구를 사랑했네〉 같은 가요가 사랑받는 이유는 그런 사건사고가 그만큼 많기 때문일 거다. 머리로는 알아도 가슴으로는 받아들이지 못하는 이런 격정이 바로 사랑의 열정이 동반하는 부작용은 아닐까?

심리학자들은 세상에 이리도 '잘못된 만남'이 많은 이유를 "이미 친구가 검증한 사람이기 때문에 탐색의 시간에 대한 투자가 필요 없어서"라고 설명한다. 탐색의 시간을 건너뛰고 바로 열정의 시간으로 점핑하는 거다.

고립된 지역에 사는 사람들은 이웃에 사는 누군가가 자

신의 완벽한 짝이 될지도 모른다는 기대를 품지만, 대도시에 사는 사람들은 괜찮은 이성이 옆에 있어도 자신의 완벽한 짝은 아닐 수 있다고 의심한단다. 그래서 끊임없이 새로운 사랑을 갈구하는 것인지도 모른다. 친구 옆에 서 있는 저 사람이 사실은 나의 짝일지도 모른다고 생각하면서 말이다. 우정과 사랑을 모두 잃고 싶지 않다면 애인 자랑도 정도껏 해야 할 것이다.

° 영화와 나, 그리고 친구

책에는 편식이 심한 나도 영화만큼은 장르 구분 없이 보는 편이다(물론 호러는 예외다). 나는 딱히 영화에 대한 비판적인 시선 따위도 없는 데다 대부분의 영화에서 나름대로의 '재미'를 찾아낸다. 하지만 아무리 그래도 '좋은 영화'라고 말할 수 있는 영화와 '좋아하는 영화'가 꼭 일치하진 않는다. 그건 각종 상을 휩쓸었다고 해서 꼭 대중적으로 성공하지는 않는 것과 닮아 있다. 반대로 엄청난 수익을 올렸다고 해서 꼭 훌륭한 영화라는 보장이 없는 것과도 같다.

'좋은 영화'는 모든 것을 갖추어야 한다. 시나리오도 좋아야 하고, 배우들의 연기도 좋아야 하고, 감독의 연출도 좋아야 하고, 기타 등등 좋아야 할 것 천지다. 하지만 '좋아하는 영화'는 그냥 나만 좋으면 된다. 남들이 보기에는 허접한 싸구려 신파라도, 허점투성이의 연출에 황당무계한 내용이라도 내가 좋으면 그만이다. 그리고 기본적으로 나는 신파를 좋아하는 편이다. 눈물 쏙 빼는 새드엔딩도 좋지만, 앞이 보이는 빤한 해피엔딩도 나는 좋다.

내가 누구에게든 거침없이 좋아한다고 말할 수 있는 영화 중에 마이크 피기스 감독의 〈라스베이거스를 떠나며〉가 있다. 나는 이 영화를 혼자 보았는데, 그만 홀딱 반해버려서 당장 영화 OST CD를 구입했고, 밤마다 들으며 영화의 장면들을 떠올리곤 했다.

그 당시 나는 누구를 만나든 이 영화에 대해 이야기하고 싶어 안달이었는데, 오랜만에 만난 대학시절 남친에게 이야기했더니 자기도 아내와 보았다면서 "오랜만에 보러 간 거였는데 실패였다"고 말해서 나를 실망시켰다.

사실 내가 그에게 실망한 건 그 영화를 혹평해서가 아니었다. 영화야 당연히 호불호가 있으니까 싫을 수도 있는 것이다. 그 당시 그의 표현을 빌리자면, 알코올중독자와 창녀의 사랑이 아름답지도 유쾌하지도 않을 수 있다. 다만 내가 실망한 건 너무나 변해버린 그의 감성이었다.

나른한 오후의
마들렌

우리가 처음 함께 본 영화는 하버트 로스 감독의 〈지젤〉이었다. 당시 〈백야〉로 스타덤에 오른 발레리노 미하일 바리시니코프가 주연한, 로맨스를 빙자(?)한 발레영화였다. 내가 선택한 영화였기에 나는 영화를 보는 내내 조금 불안했었다. 영화는 볼 만한 발레 장면이 좀 나오기는 했지만 드라마틱한 전개도 없이 밋밋했고, 간간이 코고는 소리가 들려올 만큼 지루했다.

영화관을 나오며 그는 내게 잘 봤다고, 감동적이라고 얘기해 주었다. 처음엔 그저 내가 민망할까 봐 그러는 줄 알았는데, 영화 이야기를 나누다 보니 그의 말은 그냥 하는 소리가 아니었다. 그는 작은 장면에서 배우들의 감정선을 읽어낼 만큼 충분히 영화를 감상할 줄 아는 사람이었다.

그의 영화평에 감동한 지가 채 10년이 되지 않는 시점이었다. 그 사이 우리는 졸업을 하고, 취직을 하고, 각자 결혼을 하고, 그리고 그는 아이를 낳았던가? 암튼 그런 시간들이 우리 사이를 흘러갔고, 그 시간 어디쯤에서부턴가 우리는 영화를 보는 눈이 달라져 있었다.

그때 나는 처음으로 우리가 계속 함께였다면 〈라스베이거스를 떠나며〉에 대한 그의 생각이 달랐지 않았을까 생각했었다. 물론 지금 돌이켜보면 너무도 치기 어린 생각이지만 말이다.

　내가 처음 혼자 본 영화는 〈바람과 함께 사라지다〉였다. 나는 대학 새내기였고, 보호자 없이 영화를 볼 수 있다는 사실에 무척이나 흥분해 있었던 것 같다. 하지만 친구들은 모두 그 영화를 봤다고 했고, 할 수 없이 나는 중간에 휴식시간까지 있는, 3시간이 넘는 영화를 혼자 봐야 했다.

　마가렛 미첼의 소설 『바람과 함께 사라지다』는 이미 읽어두었으니 나는 영화를 볼 만반의 준비가 되어 있었다. 원작이 있는 영화들은 늘 원작의 감동을 따라잡지 못하는데, 〈바람과 함께 사라지다〉는 예외라는 말을 누누이 들어왔었다. 그러나 솔직히 영화를 보고 나왔을 때 내가 느낀 건 이것도 저것도 아니었다. 소설과 영화는 딱 그만큼이었다. 어느 것이 더 좋다고 얘기할 수 없었다.

　진심을 말하자면, 이건 정말 개인적인 취향이지만, 나는 둘 다 별로였다. 오히려 나는 차태현이 주연을 맡았던 우리나라 영화 〈바람과 함께 사라지다〉가 훨씬 좋다.

　원작을 망쳐놓았다고 사람들은 성을 냈으나, 개인적으로는 충분히 매력적이라고 생각한 영화는 나카에 이사무 감독의 〈냉정과 열정 사이〉다. 나는 영화를 먼저 보았기 때문에 원작의 주인공에 대한 이미지가 없어서 영화 속 아가타 준

세이(타케노우치 유타카 분)와 아오이(진혜림 분)가 충분히 매력적으로 보였고, 사랑스러웠다. 게다가 OST는 어찌나 좋던지! 한국으로 돌아오기 전까지 내 휴대전화 벨소리는 요시마타 료의 '냉정과 열정 사이'였다.

영화가 좋아서 나중에 츠지 히토나리와 에쿠니 카오리의 원서를 읽어보니, 사람들이 성내는 이유를 알만했다. 책을 먼저 읽으면 절대 영화가 좋아지지는 않을 것 같았다. 준세이는 그렇다 쳐도 아오이를 혼혈로 각색하여 중국인을 캐스팅한 건 일본 팬들에게는 무척 실망스러운 일이었을 거다. 나야 영화도 좋았으니까 크게 불만은 없지만, 에쿠니 카오리의 아오이가 훨씬 매력적이라는 건 밝혀두어야 할 것 같다.

역시 소설을 읽은 영화는 보면 안 되겠다고 생각하게 만든 영화는 〈매디슨 카운티의 다리〉였다. 게다가 클린트 이스트우드는 감독만 하면 됐지, 왜 굳이 킨케이드 역을 맡아서 나를 어찌나 실망시켰는지…….

친구에게 추천을 받아 로버트 제임스 월러의 소설 『매디슨 카운티의 다리』를 읽고 나는 또 어찌나 울었는지 모른다. 가만히 있다가도 프란체스카가 테이블을 쓰다듬는 생각만으로도 눈물이 흘렀다. 영화화한다는 소리에 귀가 솔깃했는데, 캐스팅 소식을 듣고는 정말 "왜 이러세요!" 소리가 절로 나왔다. 메릴 스트립은 분명 멋진 배우지만, 그녀가 프란체스카라니요! 두 명품 배우를 그렇게 미워해본 적도 없었다.

나는 정말 한동안 클린트 이스트우드를 멀리했다. 내 인생의 또 한 편인 영화 〈밀리언달러 베이비〉가 나오기 전까지는…… 〈밀리언달러 베이비〉를 보며 어쩔 수 없이 나는 다시 그에게로 돌아갔다.

클린트 이스트우드를 이야기하다 보니 한 친구가 생각난다. 그날 우리는 오랜만에 함께한 친구들과 영화 이야기를 하고 있었다. 영화관 가본 지가 언젠지 모르겠다는 투정부터 최근에 이런 영화를 봤는데 좋더라, 그 영화는 꼭 극장에 가야겠더라, 그 배우는 나이 들수록 멋져지는 것 같더라 등등 수다들이 이어졌다.

그러다 문득 그가 다른 친구들에게 나의 영화 코드를 '휴머니즘'이라고 이야기하면서 얼마 전 TV에서 〈그랜 토리노〉를 하길래 내 생각이 나서 봤다고 했다. 본인에게는 참 지루한 영화였지만, 나라면 꼭 봤을 영화 같아서 꾹 참고 끝까지 다 봤다고. 함께 영화를 볼 수 있는 시간들은 줄었으니, 그렇게 다른 시간이라도 같은 영화를 보면 나중에 이야기할 수 있을 것 같았다고.

나는 그날 진심으로 감동했다. 아무리 세월이 흘러도 그런 말로 나를 감동시키는 친구가 있으니, 나는 정말이지, 충분히 행복한 사람이다.

기억을 잃어도 다시 사랑할 수 있을까

한국으로 돌아오기 전 마지막 2년을 나는 오다 이바(お台場)에 있는 국제문화교류관이라는 곳에서 지냈는데, 가끔 시간이 맞는 날 밤이면 친구와 함께 휴게실의 대형 TV로 비디오를 보곤 했다. 그때 우리는 둘 다 한국어교사 알바를 하고 있었는데, 공부보다는 나와의 술자리를 더 흥미로 워했던 나의 제자(?)들과 달리, 상급 클래스의 우수한(?) 제 자를 둔 그녀는 곧잘 제자들에게 비디오를 받아왔다.

그 당시 우리의 제자들은 우리보다 훨씬 한국을 자주 드 나들었고, 우리보다 한국드라마와 영화를 더 잘 알고 있었다. 드라마 〈가을동화〉와 〈겨울연가〉 시리즈를 본 것도, 이창동 감독의 영화 〈박하사탕〉을 통해 설경구와 문소리란 배우를

182
183

처음 알게 것도 그때였다.

그러나 무엇보다 내 기억 속에 크게 자리 잡은 영화는 김대승 감독의 〈번지점프를 하다〉였다. 태희(이은주 분)와 인우(이병헌 분)의 사랑에 나는 정말 원 없이 울었다.

사실 나는 책을 읽으면서도 잘 우는 편이다. 그러니 영화나 드라마를 보면서는 말할 나위도 없다. 가끔은 광고나 예고편을 보면서도 눈물을 흘려서 놀림을 당하기도 한다. 내가 가장 감동한 예고편은 〈라이언 킹〉으로, 비록 20년 전 일이지만 그날의 눈물을 기억하는 친구에게 나는 지금까지도 놀림을 받는다. 그게 놀림을 받을 일인지 나는 여전히 의문이지만, 어쨌건 나는 지금도 〈라이언 킹〉은 본편 영화보다 예고편이 더 감동적이었다고 자신 있게 말할 수 있다.

아무튼 〈번지점프를 하다〉를 본 다음날 나는 눈이 떠지지 않을 만큼, 부끄러워서 외출을 하지 못할 만큼 눈이 부어 있었다. 맥주를 마시면서 본 탓도 분명히 있었겠지만, 함께 영화를 본 친구가 다른 친구들에게 영화보다 나를 보는 게 더 재미있었다고 얘기하는 걸 보면 내가 좀 심하게 울긴 했나 보다. 내가 좀 몰입이 과하게 되면 감독이 깔아놓은 복선에서부터 알아차리고 눈물이 난다. 〈번지점프를 하다〉는 내게 그런 영화였다.

미셸 공드리 감독의 영화 〈이터널 선샤인〉을 보고 싶다고 생각한 건 '기억은 지워도 사랑은 지워지지 않습니다'라는 영화 포스터의 카피 때문이었다. 코미디 영화의 대표주자인 짐 캐리의 정통멜로 도전이나 내겐 〈타이타닉〉의 이미지로만 남은 케이트 윈슬렛의 초록, 빨강, 파랑의 원색 머리칼(영화는 그녀의 머리칼 컬러로 시간을 알려준다)도 흥미로웠다.

과거와 현재를 드나드는 방식이나(당연히 친절한 자막 따위 없다), 기억 속을 떠도는 모습, 특정한 사람과의 기억만 지울 수 있다는 SF적 설정, 주변 인물의 얽힌 상황 등 영화는 많은 복선들을 내포하고 있는데, 간단히 설명하자면 이렇다.

출근길에 충동적으로 반대편 기차를 타고 가서 도착한 장소(겨울 바닷가로 과거의 두 사람이 처음 만난 장소이며, 마지막 기억이 사라질 때 클레멘타인이 오라고 외쳤던 장소다)에서 조엘(짐 캐리 분)은 자꾸만 클레멘타인(케이트 윈슬렛 분)과 마주치게 된다. 돌아오는 기차 안에서 두 사람은 통성명을 하고 이야기를 나누며, 서로 다른 상대방에게 호감을 느낀다.

그런데 알고 보니 두 사람은 과거에 이미 연인 관계였고, 사랑했던 것만큼 상처도 깊어진 두 사람은 서로에 대한 기억을 지웠던 것. 이제 새로 시작되려고 했던 사랑이 과거의 사랑이었음을 알게 된 두 사람은 당황하고, 서로에게 얼마나 큰 상처를 주었는지도 알게 된다. 다시 똑같은 상처가 반복될까 두려운 두 사람, 그러나 그럼에도 불구하고 다시 사랑을 시작하고자 한다.

이걸 해피엔딩이라고 해야 할지 어쩔지는 모르겠으나, 사랑의 지독한 속성 같은 걸 느낄 수 있는 부분이라고는 말할 수 있다. 강철의 의지를 지니고 있지 않는 한, 아니 아무리 강철의 의지를 지녔다고 할지라도 서로에게 끌리는 감정을 흘려보내기란 최루탄에 눈물을 쏟지 않는 것만큼이나 어렵다. 그래서 사람들은 끝이 보이는 사랑마저도 기꺼이 받아들이나 보다. 영원을 꿈꾸지만 결코 영원하지 않은 것, 안정을 꿈꾸지만 늘 불안정 속에 있는 것! 그것이 바로 사랑이니까 말이다.

영화를 보기 전에는 〈번지점프를 하다〉처럼 순수하고 지워지지 않는 사랑에 다시 한 번 울 수 있는 작품이었으면 좋겠다고 생각했던 것 같다. 근데 영화를 보고 나자 〈번지점프를 하다〉보다는 안진우 감독의 영화 〈오버 더 레인보우〉 생각이 더 많이 났다.

〈오버 더 레인보우〉에서 진우(이정재 분)는 교통사고를 당하는데, 다른 기억에는 아무 이상이 없으나 자신이 8년 동안 사랑했던 여인이 누구였는지만 기억이 나질 않는다. 그 여

나른한 오후의
마들렌

인을 찾기 위해 진우는 친구 상인(정찬 분)의 연인이자 대학 친구인 연희(장진영 분)의 도움을 받게 되는데, 자신의 사랑을 찾고자 했던 진우와 상인과의 이별로 슬픔에 잠겼던 연희는 점차 서로에게 빠져들게 된다. 기억도 나지 않는 과거의 사랑 따윈 포기하고 연희와의 새로운 사랑을 시작하고자 마음먹은 진우는 우연찮게 다시 기억을 되찾게 되는데, 그가 그토록 찾고자 했던 여인이 바로 연희였던 것.

이 부분이 〈이터널 선샤인〉을 보면서 〈오버 더 레인보우〉를 떠올릴 수밖에 없는 이유다. 친구의 연인을 사랑한다는 죄책감이 무의식적으로 자신의 기억에서 그녀만을 지워버린 것이었는데, 그 기억이 없는 상황에서 또다시 연희에게 사랑을 느끼는 진우는 바로 조엘과 클레멘타인의 모습이었기 때문이다.

결혼한 지 10년이 넘은 부부들에게 "다시 태어나도 지금의 남편(아내)과 결혼하실 겁니까?"라는 질문에 남편의 70%가 긍정의 답을, 아내의 70%가 부정의 답을 내놓았다고 한다. 남편들이 결혼생활에 더 만족하고 있다는 건지 무심한 건지, 아내들이 결혼생활에 더 실망을 했다는 건지 기대가 많은 건지는 알 수 없지만, 분명한 건 '결혼'이 아니라 '사랑' 혹은

'연애'였다면 훨씬 더 많은 긍정의 답을 얻을 수 있지 않았을까 하는 거다. 책임과 의무가 뒤따르지 않으면 사람들은 훨씬 너그러워지니까.

어찌 보면 일정한 거리를 두는 것이 장기적 사랑에는 더 적합할지도 모르겠다. 너무 밀착된 관계는 필요 이상의 것들을 보기 마련이다. 사랑에는 환상이 필요하다. 환상이란 단어 없이 결혼이란 결과가 없듯이 말이다.

° 무자식 상팔자

엠마가 제발 그만 들었으면 하는 대화가 있었으니, 그건 모두 아이들에 관한 거였다. 처음 얼마간은 제법 신기했다. 그리고 물론 친구들의 얼굴이 잘 섞여 하나로 만들어진 그 미니어처들을 보는 게 흥미롭게 재미있고 가슴 찡하기도 했다. 또 다른 이들의 기쁨을 지켜보는 데서 오는 기쁨도 틀림없이 있었다. …(중략)…

그렇지만 분만 혹은 부모 되기의 기적은 아무래도 타인에게 고스란히 전달될 수는 없는 것이었다. 엠마는 아기 때문에 밤잠을 설치는 고통을 더 듣고 싶지 않았다. 아니 그들도 이미 그렇다는 소리는 다 들었지 않나? 아기의 미소에 대해 한마디 하는 것도 지겨웠고, 혹은 처음에는 엄마처럼 보이더니 이제는 아빠 같아 보인다느니, 아니면 아빠처럼 생긴 줄 알았던 애가 어느새 엄마의 입모양을 하고 있다느니 하는 소리들도 견디기가 힘들었다. 또 애기 손 크기에는 얼마나 집착을 하는지. 이 작고 앙증맞은 손에 저 작디작은 손톱이라니. 실은 애 손이 큰 경우라야 얘깃거리가 되는 거 아닌가? "애 손이 큼지막하고 우람한 게 축 늘어졌네요!" 바로 그런 게 얘기할 가치가 있는 거지.

　　－데이비드 니콜슨 『원 데이』 중에서

　처음 이 대목을 읽었을 때 나는 정말 신이 나서 웃었다. 아이 없는 사람들에게 보이는 아이 있는 사람들의 행동은 동서양을 막론하고 똑같구나 싶은 마음에서였다.

　친구들이 하나둘씩 결혼을 하고 아이를 갖게 되면 여자 친구들끼리의 만남은 밖이 아니라 누구의 집에 모이는 게 보통이다. 가장 움직이기 힘든 친구, 물론 대부분은 갓난아기를 가진 친구이기가 쉽다. 그러나 갓난아기가 많아지면 그나마 그렇게도 만나는 게 수월치 않아진다. 결국 아직 싱글이거나 아이가 없는 친구들이 외출할 수 없는 친구들을 방문하며 수다를 들어줘야 한다. 그러다 보면 엠마 같은 마음이 드는 게 사실이다. 물론 그것도 자신에게 아이가 생기면 언제 그랬냐

나른한 오후의
마들렌

는 듯 똑같은 행동을 하게 되지만 말이다.

한국사회에서 남자는 군대를 갔다 와야 진정한 남자 대접을 받고, 여자는 아이를 낳고 엄마가 되어야 진정한 여자 대접을 받는다. 결혼한 여자가 아이가 없다는 건 멀쩡해 보이는 청년이 군대에 안 가는 것만큼이나 이상한 시선을 받기 마련이다. 아이가 없는 사람에게 왜 아일 안 낳느냐고 물어보는 사람의 눈엔 일단 연민이 있다. 남자보다 여자는 일종의 우월감마저 지닌다. 듣는 입장에서야 처음엔 슬프고 다음엔 화가 나지만, 한국인의 정(情)이라는 게 어디 남 생각을 하는가? 어쩌면 그렇게들 하나같이 똑같은 패턴일 수 있는지, 5년쯤 넘으니 아예 웃음이 났다.

아이가 몇이에요? 어머, 아이가 없어요? 안 낳은 거예요, 안 생긴 거예요? 결혼한 지 몇 년 됐는데요? 병원에는 가봤어요? 내가 아는 사람도 결혼한 지 10년 만에 아이가 생겼어요, 어쩌고저쩌고…….

결국 내가 아이도 못 낳는 불쌍한 여자로 마무리되는 것이 그들의 인정어린 충고에 보답하는 길이다. 이제 누군가 내게 아이 이야길 꺼내면 나는 처음부터 불쌍한 척하는 것으로 상대에게 더 이상 그 화제를 입에 올릴 수 없도록 입막음한다. 그들의 깊은 정(情)에 난 이미 지칠 대로 지쳤다.

내 아이가 없다는 건 객관적으로든 주관적으로든 슬픈 일이다(물론 내 주변의 몇몇 부부들처럼 처음부터 아이를 원하지 않은 부부도 있을 터이니, 이건 전적으로 나의 생각이다). 가장 기본적으로는 생물학적인 기능, 즉 종족 번식의 뜻에 어긋나는 것이니 왠지 미래 따윈 없는 것처럼 느껴지는 게 사실이다. 꽃 한 송이, 나무 한 그루도 자기의 후손을 남기는데 나는 무언가 싶기도 하고, 여자로서 몸 안에 다른 생명을 품는 신비한 기쁨도 누리지 못하는 게 억울하기도 하다.

그런데 사람이라는 게 참 살아가기 마련인가 보다. 나이가 들수록, 세상에 어지러운 일들이 많아질수록 내게 아이가 없는 것이 얼마나 다행인지 생각하게 된다. 개인의 이익만을 위해 아이들 먹거리나 유아용품에 장난을 칠 때마다, 어른들의 파렴치함으로 아이들의 미래를 앗아갈 때마다, 해마다 바뀌는 교육제도에 아이들의 미래가 휘청거릴 때마다…… 그런 상황들로부터 자유로운 내가 다행스러웠다.

어쩌면 '여우의 신포도' 같은 것인지도 모르겠다. 시간이 흐를수록 모든 것을 자신에게 유리한 방향으로 이해하고 변명거리를 찾아낸다. 비록 엄마는 아닐지라도 어쨌든 이 땅에서 여자로 살아가야 하니까 말이다.

° 상상력 결핍

광주항쟁이 있던 그해, 내 아버지는 광주 시내 한복판에 계셨다. 지금 생각하면 아찔한 일이 아닐 수 없지만, 그때 나는 정말 아무 생각이 없었다. 엄마가 근처까지 가시긴 했지만, 광주시로 들어갈 수는 없었다는 사실도 잠결에 어른들 이야기 소리로 어렴풋이 들었을 뿐이었다. 아마도 그런 것인가 보다. 상상할 수 없다면 두려움이나 공포, 불안 따위가 자리 잡지 못하는 것인가 보다.

그래서였을까? 포르투갈의 신경학자 에가스 모니스는 "우리의 불안은 '미래를 상상하는 우리의 능력'에 기인한다." 고 말했다. 또 미래를 생각하지 않는 것만이 미래에 대한 불안을 줄이는 길이라고도 했다.

그런 의미로 보면 나는 참 상상력이 부족한 인간인 듯싶다. 추상적 단어를 거의 믿지 않는 내 동생만 해도 초등학교 2학년 때는 부모님이 돌아가시면 어쩌나 누나가 죽으면 어쩌나 하는 불안에 밤마다 이불을 뒤집어쓰고 울었다고 했다. 나이 들어서 들은 그 이야기에 의아해 하며 동생을 아는 주변 친구들에게 이야기했더니 모두들 그런 경험이 있단다. 보통 그 나이에 죽음이란 것이 무엇인지 알게 되기 때문이라며 성장 과정의 당연한 단계라고 했다.

그렇다면 그런 경험이 없는 나는 성장의 한 단계를 빠트리고 만 건인가? 사춘기 때 자살을 꿈꿔본 적은 있어도(이때의 자살은 죽음에 대한 동경이라기보다 극적 사건을 연출하기 위한 도구이다), 주변의 죽음에 대한 불안으로 잠 못 이루는 밤을 보낸 적은 없었다. 아직 일어나지도 않은 어떤 나쁜 일을 미리 사서 걱정하는 게 무슨 도움이 된다는 말인가!

사실 대부분의 불안이란 언제 생길지 알 수 없는 일에 자신의 정신과 육체적 에너지를 소모시키는 것에 지나지 않는다. 나는 닥치지 않은 공포를 상상해본 적이 없다. 사람들이 공포영화를 보며 즐거워하는 것도 이해가 되지 않는다. 공포영화의 재미는 '스크린 안의 처참한 상황들을 보며 스크린 밖의 내가 얼마나 안전한지를 느끼는 데서 오는 것'이라던데,

군이 현실의 내 행복을 확인하기 위해 허구인 남의 불행을 들춰보아야 할 필요가 있는 것일까?

　공포영화 광이라는 스티븐 킹이 공포영화를 주제로 쓴 『죽음의 무도』라는 책이 있다. 도서관에서 처음 이 책을 발견했을 때만 해도 나름 흥분을 했었지만, 백과사전만큼이나 두꺼운 그 책을 포기하는 데는 채 두 시간이 걸리지 않았다. 일단 내가 본 공포영화의 수가 극히 적어서, 그가 예로 든 영화들에 대한 지식이 턱없이 부족했기 때문에 그의 맛깔난 글들을 이해하는 데 한계가 있었다. 게다가 나는 공포영화에 대한 그의 기대를 고스란히 느끼기는커녕 맞장구를 쳐주고 싶은 만큼의 호기심도 없었다. 그는 말한다.

　"상상력이 풍부한 사람은 자신이 연약하다는 사실을 다른 사람보다 더 명확하게 파악하고 있다. 상상력이 풍부한 사람은 '어떤 것'이든 '어느 때'라도 끔찍하게 잘못될 수 있다는 것을 인식한다. 상상력이 풍부한 사람은 연쇄살인범의 습격을 받는 것이 단지 남의 일이 아니라고 믿는다. …(중략)… 연쇄살인범들이 실제로 저기 어딘가에 존재하고, 연쇄살인범과 맞닥뜨리게 될 확률이 로또복권으로 3억5천만 달러를 따낼 확률보다 훨씬 더 크다고 이해한다."

그의 주장대로라면 역시 나는 상상력이 부족한 게 맞다. 하지만 부끄러움이 되어도 마땅한 나의 상상력 결핍은 다음과 같은 그의 말에 의해 재빨리 안도감으로 바뀐다.

"유전자 총괄국이 상상력 집행부를 가동시켜 감수성을 초대형으로 증폭시킬 때 당신이 얻는 부산물 중 하나는 보통 사람이 감당해야 하는 수준을 넘어선 걱정거리들이다."

나는 지나치게 태평한 얼굴을 하고 있는 관계로 주변으로부터 낙천주의자라는 소리를 많이 듣는데, 스티븐 킹의 표현을 빌리자면 나는 낙천주의자라기보다는 상상력 결핍자인 거다. 나는 걱정과 별로 친하지 않아서 '최악의 시나리오' 같은 건 잘 쓰지 않는다. 오히려 내가 늘 상상하는 건 '최상의 시나리오'인 편이다. 물론 최악의 시나리오가 현실화될 가능성이 희박한 것처럼 최상의 시나리오 또한 좀처럼 내 것이 되지는 않지만 말이다.

심리학적으로는 '폴리애나 현상'이라는 것이 있다. 무섭거나 감당하기 어려운 일을 당하게 되면 사람은, 그저 '어떻게 되겠지' 하는 막연한 기대감의 안일한 심리 상태에 빠지는 현상을 일컫는 표현이다. 엘리노 포터(Eleanor H. Porter)의 소설『폴리애나(Pollyanna)』의 무지하게 낙천적인 성격의 여주인공 이름에서 기인한 것이라 한다. 이 용어를 알게 되었을

때부터 나는 내 안의 폴리애나를 인정했었다. 그런데 공포에 대한 스티븐 킹의 생각을 읽고 나자 오히려 나는 내 안의 염세주의자와 마주해야 했다.

"우리가 허구의 공포 속으로 피신한 덕분에 현실의 공포는 우리를 압도하지 못하고, 우리를 꽁꽁 얼어붙게 하지 못하고, 일상생활을 제대로 살아가려는 우리를 방해하지 못한다. 우리가 나쁜 꿈을 꾸기 '희망'하며 극장의 어둠 속으로 들어가는 것은 나쁜 꿈이 끝났을 때 우리가 평범한 인생을 사는 현실 세상이 훨씬 더 좋아 보이기 때문이다."

스티븐 킹은 공포와는 거리가 먼 현실에 살고 있나 보다. 나는 허구의 공포보다 현실이 훨씬 공포물에 가깝다고 생각하고 있는데 말이다.

° 한잔의 유혹

　　일본어를 알게 되면서 우리나라에 남아 있는
일어의 잔해를 접할 때면 "아하!" 하는 게 있는가 하면 "그건
뭐지?"라고 고개를 갸우뚱하게 만드는 것들이 종종 있다. 이
미 은어로 자리를 굳힌 단어들은 실제 그 뜻과 멀어져 있는
경우도 많고, 이미 일본에서는 사어(死語)가 된 터라 질문을
하는 내게 일본인들은 오히려 "그거 일본어야?"라고 되묻는
경우도 있다.

　　우리나라에서 통상 '자몽'이라고 부르는 과일을 일본에
서는 '그레이프프루트'라는 영어 표기로 부른다. 처음에 나는
자몽과 그레이프프루트가 다른 과일인 줄 알았다. 고사리와
고비도 구별 못하는 나로서는, 내 눈엔 같은 것처럼 보여도

엄연히 다른 종류인 것이 꽤나 많았기 때문에 큰 의심도 안했다.

그도 그럴 것이 사실 '자몽'이란 단어는 포르투갈어인 '잠보아(zamboa)'를 일본식으로 표기하여 자봉(ザボン)이 되었고, 1980년대 우리나라 수입업체에서 '자몽'이라고 부르는 것이 일반화된 것이기 때문이다. 하지만 일본에서는 이미 아무도 우리가 '자몽'이라고 부르는 것을 '자봉'이라고 부르지 않으며, 자봉이란 그레이프프루트가 아니라 왕귤나무 열매를 일컫는다. 그러니 '핸드폰'이나 '아이쇼핑'처럼 '자몽'이란 순전히 우리나라에서만 통하는 단어인 셈이다.

내가 이 자몽, 그러니까 그레이프프루트와 친해진 데는 두 가지 이유가 있었다. 단도직입적으로 얘기하자면, 술과 돈이다. TV에서 급성알코올중독에 대한 응급처치로 토하게 한 후 그레이프프루트 주스를 마시도록 하는 장면을 본 것이 계기였다. 그레이프프루트 주스가 아니더라도 100% 과일주스를 마시게 하라고 했다. 물론 가장 효과가 좋은 것은 그레이프프루트로, 간에서 알코올을 분해하는 효소의 작용을 높이는데다 비타민C의 함량이 높기 때문이란다.

콩나물국이나 북엇국 같은 해장국이 아니라 달달한 음료와 얼음으로 해장을 하는 내게는 아주 시기적절한 좋은 정

보였다. 수분과 비타민C 보충을 위해서 과일주스를 마시기는 하지만, 직접 갈아 마시는 것이 아닌지라 너무 달아 오히려 갈증이 났는데, 그레이프프루트 주스는 특유의 쌉쌀한 맛 덕분에 갈증을 가라앉힐 수 있었다.

하지만 아무리 좋다고 해도 가난한 유학생에게 비싼 과일주스는 그림의 떡이었을 텐데, 다행히 일본의 편의점에서는 500㎖ 종이팩에 든 100엔짜리 음료수 코너에 그레이프프루트 주스가 다른 음료들과 나란히 자리를 차지하고 있었다. 덕분에 나는 그레이프프루트 주스와 쉽게 친해질 수 있었다. 문제는 너무 친해져서 해장의 용도가 아니라 술과 함께 마시게 되었다는 데 있었지만 말이다.

한국통이라고 알려진 내 일본 친구들은 가끔 한국에 다녀오는 지인들로부터 한국 소주를 선물로 받는단다. 하지만 한국에서 그렇게 맛나게 마시던 소주가 왠지 일본에서는 그 맛을 못 느끼겠다고 했다. 아마도 한국 음식과 기후가 한국의 소주(화학주)와 궁합이 맞기 때문인 거 같단다. 일본인들은 소주를 스트레이트로 마시는 경우가 거의 없고, 대부분은 물이나 탄산수, 우롱차 같은 다른 음료와 섞어서 마신다. 하지만 한국 소주는 스트레이트로 마셔야 제 맛이기 때문에 지인들에게 받은 한국 소주를 장식장에 넣어둔 채 입맛만 다신다고 했다.

처음 친구에게 "그 나라 술은 그 나라에서 마셔야 제 맛"이라는 말을 들었을 때는 "에이~ 설마! 그거 기분 탓인 거 아냐?"라며 웃었는데, 정말로 내가 그랬다. 이상하게 일본에서는 소주가 안 먹히는 거다. 한국에서 비행기를 타기 전까지 그렇게 마셔대던 소주를 일본 땅에서는 왠지 거북했다. 그래서 만들어진 게 '경월 선셋'이다. 데킬라와 오렌지주스를 믹스한 '데킬라 선라이즈'를 흉내 내어 경월(한국에서는 이미 사라진 경월 소주를 나는 일본에서 실컷 마셨다)과 그레이프프루트 주스를 섞어 마시는 거다. 그렇게 한동안 나는 한국에서라면-이라기보다 내 술친구들에게라면- 지탄받고도 남았음직한 소주칵테일에 흠뻑 빠졌었다.

사실 내가 소주칵테일은 처음 마신 건 아직 술이 내 친구가 되기 전의 일이었다. 술, 담배를 안 하시는 아빠 밑에서 자란 탓에 내게 술은 꽤나 먼 존재였고, 아빠와 남동생이 알코올 알레르기인 걸 생각하면 내 자신이 술에 대한 어느 정도의 면역력을 가지고 있는지도 자신이 없었다. 술을 못 마시는 나를 위해 그때 당시의 남친이 데려간 곳이 소주칵테일 집이었다. 그때만 해도 주스가 아니라 앙증맞은 주전자에 오이나 레

나른한 오후의
마들렌

몬을 넣는 식이었다. 소주 특유의 냄새에 먼저 위화감을 느끼는 여성들을 위한 술책이 아니었나 싶다.

어쨌든 그때에 비하면 요즘은 정말 종류도 많고 기발한 아이디어가 돋보이는 소주칵테일이 넘쳐나고 있다. 소주뿐이 아니다. 막걸리가 한류 붐과 함께 외국인들에게 인기를 얻기 시작하자 막걸리칵테일이 인기를 끌고, 와인 바에 버금가는 막걸리 바도 늘어났다. 형형색색의 소주칵테일과 막걸리칵테일, '안주'라기보다는 '요리'라고 불러야 할 차림들이 눈을 즐겁게 하고 기분을 들뜨게 한다. 찌그러진 주전자에서 나오는 걸쭉한 하얀 액체를 입안에 털어 넣고 파전 한쪽을 찢어 먹던 비오는 날의 풍경은 이제 옛말이 되려 한다.

그래도 여전히 나는 반주로 마시는 소주가 좋고, 찌그러진 주전자에서 흘러나오는 막걸리가 좋고, 길바닥에 털썩 앉아 마시는 캔맥주가 좋다. 그렇게 술과 함께한 다음날에는 냉장고에 넣어둔 '자몽' 주스를 홀짝이며 내 지난 추억의 시간들을 켜켜이 쌓고 싶다.

3년 전, 이제 자신의 글을 써보라는 권유를 받았을 때 나는 무척 들떠했던 것 같다. 물론 그 일이 생각보다 무척이나 어려운 일이라는 것은 바로 알았다. 나는 생업을 핑계로 미루고 미루다 어느새 잊어버렸다.

나의 게으름을 타파시키고자 한 주변인들의 당근과 채찍도 한몫했지만, 벌여놓은 일을 마무리해야겠다고 마음먹은 것은 한 친구 덕분이었다. 스물세 살에 만난 우리는, 처음엔 그녀가 다음엔 내가 이국땅에 살아온 탓에 멀리서 그리워하며 친구가 되었다. 내가 처음 '우리의 책'을 갖고 싶다고 생각한 것도 그녀의 사진에 어울리는 글을 쓰고 싶어서였다.

자라온 환경도 보이는 성격도 참으로 많이 다른 우리는, 그래서 하는 짓이 전혀 딴판이면도 서로를 가장 잘 이해해주었다. '이해'라는 표현을 썼지만, 그건 아마도 이해라기보다 '그저 받아들임'일 게다. 우리가 서로 사랑한다는 뜻이리라.

지금, 내가 사랑하는 그녀가 커다란 슬픔 속에 있다. 그녀의 슬픔 앞에 넋을 잃은 나는 아무것도 할 수 없었다. 그녀의 슬픔에 나의 공(?)이 작지 않다는 걸 알기 때문이다. 그러다 문득 내가 유일하게 해야 할 일은, 할 수 있는 일은, 미루었던 나의 용기를 짜내는 일이라는 걸 깨달았다.

무모할지도 모르는 나의 용기를 그녀에게 보여주고 싶다. 그녀의 손을 잡는 대신 자판을 두드리며 보낸 시간들을 그녀에게 칭찬받고 싶다.